近代文学叢書Ⅱ

すぽっとらいと

食

目次

イントロダクション

食

食べるということは人間の欲求から生じる『命を保つ行為』で、またそれは全ての生活に於いて当たり前に『ある』ということに着目してみたい。と思い、テーマとして据え置きました。

お腹がすいても金銭的なことや忙しさなどの理由を優先してしまい、充足を得る行為としては粗略な扱いをされがちな昨今。

わたし自身もその一人で、食事の時間を惜しむ生活を送っていた時期があります。

人が生きるうえでの大切な喜びの一つを、忙しいからという理由でぞんざいに扱ってしまっていたのです。

そんな自身にとっての『食べる』という行為と、あらためて向き合ってみる機会に恵まれました。語り合い笑い合いながらする食事はとてもおいしくて、楽しくて、うれしいものなのだと感慨深く感じられたのです。

そして、食べるという行為はうれしいことでもあり、またそう思えることもうれしいのだなと。

ややこしくてすみません。

昔はもっと特別で、大切にされてきた時間でもあったように思います。
物語のなかに出てくる『食』とは、また、その『食材』は、どのように描かれているのでしょうか。
楽しんでいただけますと幸いです。

近代文学叢書　編集長　なみ

食の情景

HIRO ACADEMIA
ハイライフホーム
早稲田駅前ビル
McDonald's
警告

鮨

岡本かの子

東京の下町と山の手の境い目といったような、ひどく坂や崖《がけ》の多い街がある。

表通りの繁華から折れ曲って来たものには、別天地の感じを与える。

つまり表通りや新道路の繁華な刺戟《しげき》に疲れた人々が、時々、刺戟を外《は》ずして気分を転換する為めに紛《まぎ》れ込むようなちょっとした街筋――

福ずしの店のあるところは、この町でも一ばん低まったところで、二階建の銅張りの店構えは、三四年前表だけを造作したもので、裏の方は崖に支えられている柱の足を根つぎして古い住宅のままを使っている。

古くからある普通の鮨屋《すしや》だが、商売不振で、先代の持主は看板ごと家作をともよの両親に譲って、店もだんだん行き立って来た。

新らしい福ずしの主人は、もともと東京で屈指の鮨店で腕を仕込んだ職人だけに、周囲の状況を察して、鮨の品質を上げて行くに造作もなかった。前にはほとんど出まえだったが、新らしい主人になってからは、鮨盤の前や土間に腰かける客が多くなったので、始めは、主人夫婦と女の子のともよ三人きりの暮しであったが、やがて職人を入れ、子供と女中を使わないでは間に合わなくなった。

店へ来る客は十人十いろだが、全体に就《つい》ては共通するものがあった。

後からも前からもぎりぎりに生活の現実に詰め寄られている、その間をぽっと外ずして気分を転換したい。

一つ一つ我ままがきいて、ちんまりした贅沢《ぜいたく》ができて、そして、ここへ来ている間は、くだらなくばかになれる。好みの程度に自分から裸になれたり、仮装したり出来る。たとえ、そこで、どんな安ちょくなことをしても云っても、誰も軽蔑するものがない。お互いに現実から隠れんぼうをしているような者同志の一種の親しさ、そして、かばい合うような懇《ねんごろ》な眼ざしで鮨をつまむ手つきや茶を呑《の》む様子を視合《みあ》ったりする。かとおもうとまたそれは人間というより木石の如く、はたの神経とはまったく無交渉な様子で黙々といくつかの鮨をつまんで、さっさと帰って行く客もある。

鮨というものの生む甲斐々々《かいがい》しいまめやかな雰囲気、そこへ人がいくら耽《ふけ》り込んでも、擾《みだ》れるようなことはない。万事が手軽くこだわりなく行き過ぎて仕舞う。

福ずしへ来る客の常連は、元狩猟銃器店の主人、デパート外客廻り係長、歯科医師、畳屋の伜《せがれ》、電話のブローカー、石膏《せっこう》模型の技術家、児童用品の売込人、兎肉販売の勧誘員、証券商会をやったことのあった隠居――このほかにこの町の近くの何処《どこ》かに棲《す》んでいるに違いない劇場関係の芸人で、劇場がひまな時は、何か内職をするらしく、脂づいたような絹ものをぞろりと着て、青白い手で鮨を器用につまんで喰べて行く男もある。

常連で、この界隈《かいわい》に住んでいる暇のある連中は散髪のついでに寄って行くし、遠くからこの附近へ用足しのあるものは、その用の前後に寄る。季節によって違うが、日が長くなると午後の四時頃から灯がつく頃が一ばん落合って立て込んだ。

めいめい、好み好みの場所に席を取って、鮨種子《すしだね》で融通して呉れるさしみや、酢《す》のもので酒を飲むものもあるし、すぐ鮨に取りかかるものもある。

ともよの父親である鮨屋の亭主は、ときには仕事場から土間へ降りて来て、黒みがかった押鮨を盛った皿を常連のまん中のテーブルに置く。

「何だ、何だ」

好奇の顔が四方から覗《のぞ》き込む。

「まあ、やってご覧、あたしの寝酒の肴《さかな》さ」

亭主は客に友達のような口をきく。

「こはだにしちゃ味が濃いし――」

ひとつ撮《つま》んだのがいう。

「鰺《あじ》かしらん」

すると、畳敷の方の柱の根に横坐りにして見ていた内儀《かみ》さん――ともよの母親――が、はははと太り肉《じし》を揺《ゆす》って「みんなおとッつあんに一ぱい喰った」と笑った。

それは塩さんまを使った押鮨で、おからを使って程よく塩と脂を抜いて、押鮨にしたのであった。

「おとっさん狡《ずる》いぜ、ひとりでこっそりこんな旨《うま》いものを拵《こしら》えて食うなんて――」

「へえ、さんまも、こうして食うとまるで違うね」

客たちのこんな話が一しきりがやがや渦まく。

「なにしろあたしたちは、銭のかかる贅沢はできないからね」

「おとっさん、なぜこれを、店に出さないんだ」

「冗談いっちゃ、いけない、これを出した日にゃ、他の鮨が蹴押されて売れなくなっちまわ。第一、さんまじゃ、いくらも値段がとれないからね」

「おとッつあん、なかなか商売を知っている」

その他、鮨の材料を採ったあとの鰹《かつお》の中落《なかおち》だの、鮑《あわび》の腸《はらわた》だの、鯛《たい》の白子だのを巧《たくみ》に調理したものが、ときどき常連にだけ突出された。ともよはそれを見て「飽きあきする、あんなまずいもの」と顔を皺《しわ》めた。だが、それらは常連から呉れといってもなかなか出さないで、思わぬときにひょっこり出す。亭主はこのことにかけてだけいこじでむら気なのを知っているので決してねだらない。

よほど欲しいときは、娘のともよにこっそり頼む。するとともよは面倒臭そうに探し出して与える。

ともよは幼い時から、こういう男達は見なれて、その男たちを通して世の中を頃あいでこだわらない、いささか稚気のあるものに感じて来ていた。

女学校時代に、鮨屋の娘ということが、いくらか恥じられて、家の出入の際には、できるだけ友達を近づけないことにしていた苦労のようなものがあって、孤独な感じはあったが、ある程度までの孤独感は、家の中の父母の間柄からも染みつけられていた。父と母と喧嘩をするような事はなかったが、気持ちはめいめい独立していた。ただ生きて行くことの必要上から、事務的よりも、もう少し本能に喰い込んだ協調やらいたわり方を暗黙のうちに交換して、それが反射的にまで発育しているので、世間からは無口で比較的仲のよい夫婦にも見えた。父親は、どこか下町のビルヂングに支店を出すことに熱意を持ちながら、小鳥を飼うのを道楽にしていた。母親は、物見遊山《ものみゆさん》にも行かず、着ものも買わない代りに月々の店の売上げ額から、自分だけの月がけ貯金をしていた。

両親は、娘のことについてだけは一致したものがあった。とにかく教育だけはしとかなくてはということだった。まわりに浸々《ひたひた》と押し寄せて来る、知識的な空気に対して、この点では両親は期せずして一致して社会への競争的なものは持っていた。

「自分は職人だったからせめて娘は」

と――だが、それから先をどうするかは、全く茫然としていた。

無邪気に育てられ、表面だけだが世事に通じ、軽快でそして孤独的なものを持っている。これが、ともよの性格だった。こういう娘を誰も目の敵《かたき》にしたり邪魔にするものはない。ただ男に対してだけは、ずばずば応対して女の子らしい羞《はじ》らいも、作為の態度もないので、一時女学校の教員の間で問題になったが、商売柄、自然、そういう女の子になったのだと判って、いつの間にか疑いは消えた。

ともよは学校の遠足会で多摩川べりへ行ったことがあった。春さきの小川の淀みの淵を覗いていると、いくつも鮒《ふな》が泳ぎ流れて来て、新茶のような青い水の中に尾鰭《おひれ》を閃《ひら》めかしては、杭根《くいね》の苔《こけ》を食《は》んで、また流れ去って行く。するともうあとの鮒が流れ溜って尾鰭を閃めかしている。流れ来り、流れ去るのだが、その交替は人間の意識の眼には留まらない程すみやかでかすかな作業のようで、いつも若干の同じ魚が、其処《そこ》に遊んでいるかとも思える。ときどきは不精そうな鯰《なまず》も来た。

自分の店の客の新陳代謝はともよにはこの春の川の魚のようにも感ぜられた。（たとえ常連というグループはあっても、そのなかの一人々々はいつか変っている）自分は杭根のみどりの苔のように感じた。みんな自分に軽く触れては慰められて行く。ともよは店のサーヴィスを義務とも辛抱とも感じなかった。胸も腰もつくろわない少女じみたカシミヤの制服を着て、有合せの男下駄をカランカラン引きずって、客へ茶を運ぶ。客が情事めいたことをいって揶揄《からか》うと、ともよは口をちょっと尖《とが》らし、片方の肩を一しょに釣上げて
「困るわそんなこと、何とも返事できないわ」

という。さすがに、それには極く軽い媚《こ》びが声に捩《よじ》れて消える。客は仄《ほの》かな明るいものを自分の気持ちのなかに点じられて笑う。ともよは、その程度の福ずしの看板娘であった。

客のなかの湊《みなと》というのは、五十過ぎぐらいの紳士で、濃い眉がしらから顔へかけて、憂愁の蔭を帯びている。時によっては、もっと老けて見え、場合によっては情熱的な壮年者にも見えるときもあった。けれども鋭い理智から来る一種の諦念といったようなものが、人柄の上に冴《さ》えて、苦味のある顔を柔和に磨いていた。

濃く縮れた髪の毛を、程よくもじょもじょに分け仏蘭西《フランス》髭《ひげ》を生やしている。服装は赫《あか》い短靴を埃《ほこり》まみれにしてホームスパンを着ている時もあれば、少し古びた結城《ゆうき》で着流しのときもある。独身者であることはたしかだが職業は誰にも判らず、店ではいつか先生と呼び馴れていた。鮨の食べ方は巧者であるが、強《し》いて通がるところも無かった。

サビタのステッキを床にとんとつき、椅子に腰かけてから体を斜に鮨の握り台の方へ傾け、硝子《ガラス》箱の中に入っている材料を物憂そうに点検する。

「ほう。今日はだいぶ品数があるな」

と云ってともよの運んで来た茶を受け取る。

「カンパチが脂《あぶら》がのっています、それに今日は蛤《はまぐり》も――」

ともよの父親の福ずしの亭主は、いつかこの客の潔癖な性分であることを覚え、湊が来ると無意識に俎板《まないた》や塗盤の上へしきりに布巾《ふきん》をかけながら云う。

「じゃ、それを握って貰おう」

「はい」

亭主はしぜん、ほかの客とは違った返事をする。湊の鮨の喰べ方のコースは、いわれなくとも、ともよの父親は判っている。鮪《まぐろ》の中とろから始って、つめのつく煮ものの鮨になり、だんだんあっさりした青い鱗《うろこ》のさかなに進む。そして玉子と海苔《のり》巻に終る。それで握り手は、その日の特別の注文は、適宜にコースの中へ加えればいいのである。

湊は、茶を飲んだり、鮨を味わったりする間、片手を頬に宛てがうか、そのまま首を下げてステッキの頭に置く両手の上へ顎《あご》を載せるかして、じっと眺める。眺めるのは開け放してある奥座敷を通して眼に入る裏の谷合の木がくれの沢地か、水を撒《ま》いてある表通りに、向うの塀《へい》から垂れ下がっている椎《しい》の葉の茂みかどちらかである。

ともよは、初めは少し窮屈な客と思っていただけだったが、だんだんこの客の謎めいた眼の遣《や》り処を見慣れると、お茶を運んで行ったときから鮨を喰い終るまで、よそばかり眺めていて、一度もその眼を自分の方に振向けないときは、物足りなく思うようになった。そうかといって、どうかして、まともにその眼を振向けられ自分の眼と永く視線を合せていると、自分を支えている力を暈《ぼか》されて危いような気がした。

偶然のように顔を見合して、ただ一通りの好感を寄せる程度で、微笑して呉れるときはともよは父母とは違って、自分をほぐして呉れるなにか暖味のある刺戟のような感じをこの年とった客からうけた。だからともよは湊がいつまでもよそばかり見ているときは土間の隅の湯沸しの前で、絽《ろ》ざしの手をとめて、たとえば、作り咳《せき》をするとか耳に立つものの音をたてるかして、自分ながらしらずしらず湊の注意を自分に振り向ける所作をした。すると湊は、ぴくりとして、ともよの方を見て、微笑する。上歯と下歯がきっちり合い、引緊《ひきしま》って見える口の線が、滑かになり、仏蘭西髭の片端が目についてあがる——父親は鮨を握り乍《なが》らちょっと眼を挙げる。ともよのいたずら気とばかり思い、また不愛想な顔をして仕事に向う。

湊はこの店へ来る常連とは分け隔てなく話す。競馬の話、株の話、時局の話、碁、将棋の話、盆栽の話——大体こういう場所の客の間に交される話題に洩れないものだが、湊は、八分は相手に話さして、二分だけ自分が口を開くのだけれども、その寡黙《かもく》は相手を見下げているのでもなく、つまらないのを我慢しているのでもない。その証拠には、盃の一つもさされると「いやどうも、僕は身体を壊していて、酒はすっかりとめられているのですが、折角《せっかく》ですから、じゃ、まあ、頂きましょうかな」といって、細いがっしりとしている手を、何度も振って、さも敬意を表するように鮮かに盃を受取り、気持ちよく飲んでまた盃を返す。そして徳利を器用に持上げて酌をしてやる。その挙動の間に、いかにも人なつこく他人の好意に対しては、何倍にかして返さなくては気が済まない性分が現れているので、常連の間で、先生は好い人だということになっていた。

ともよは、こういう湊を見るのは、あまり好かなかった。あの人にしては軽すぎるというような態度だと思った。相手客のほんの気まぐれに振り向けられた親しみに対して、ああまともに親身の情を返すのは、湊の持っているものが減ってしまうように感じた。ふだん陰気なくせに、一たん向けられると、何という浅ましくがつがつ人情に饑《う》えている様子を現わす年とった男だろうと思う。ともよは湊が中指に嵌《は》めている古代埃及《エジプト》の甲虫《スカラップ》のついている銀の指輪さえそういうときは嫌味に見えた。

湊の対応ぶりに有頂天になった相手客が、なお繰り返して湊に盃をさし、湊も釣り込まれて少し笑声さえたて乍らその盃の遣り取りを始め出したと見るときは、ともよはつかつかと寄って行って

「お酒、あんまり呑んじゃ体にいけないって云ってるくせに、もう、よしなさい」

と湊の手から盃をひったくる。そして湊の代りに相手の客にその盃をつき返して黙って行って仕舞う。それは必しも湊の体をおもう為でなく、妙な嫉妬がともよにそうさせるのであった。

「なかなか世話女房だぞ、ともちゃんは」

相手の客がそういう位でその場はそれなりになる。湊も苦笑しながら相手の客に一礼して自分の席に向き直り、重たい湯呑み茶碗に手をかける。

ともよは湊のことが、だんだん妙な気がかりになり、却《かえ》って、そしらぬ顔をして黙っていることもある。湊がはいって来ると、つんと済して立って行って仕舞うこともある。湊もそういう素振りをされて、却って明るく薄笑いするときもあるが、全然、ともよの姿の見えぬときは物寂しそうに、

いつもより一そう、表通りや裏の谷合の景色を深々と眺める。

ある日、ともよは、籠《かご》をもって、表通りの虫屋へ河鹿《かじか》を買いに行った。ともよの父親は、こういう飼いものに凝る性分で、飼い方もうまかったが、ときどきは失敗して数を減らした。が今年ももはや初夏の季節で、河鹿など涼しそうに鳴かせる時分だ。

ともよは、表通りの目的の店近く来ると、その店から湊が硝子《ガラス》鉢を下げて出て行く姿を見た。湊はともよに気がつかないで硝子鉢をいたわり乍ら、むこう向きにそろそろ歩いていた。

ともよは、店へ入って手ばやく店のものに自分の買うものを注文して、籠にそれを入れて貰う間、店先へ出て、湊の行く手に気をつけていた。

河鹿を籠に入れて貰うと、ともよはそれを持って、急いで湊に追いついた。

「先生ってば」

「ほう、ともちゃんか、珍らしいな、表で逢うなんて」

二人は、歩きながら、互いの買いものを見せ合った。湊は西洋の観賞魚の髑髏魚《ゴーストフィッシュ》を買っていた。それは骨が寒天のような肉に透き通って、腸が鰓《えら》の下に小さくこみ上っていた。

「先生のおうち、この近所」

「いまは、この先のアパートにいる。だが、いつ越すかわからないよ」

湊は珍しく表で逢ったからともよにお茶でも御馳走しようといって町筋をすこし物色したが、この辺には思わしい店もなかった。

「まさか、こんなものを下げて銀座へも出かけられんし」

「ううん、銀座なんかへ行かなくっても、どこかその辺の空地で休んで行きましょうよ」

湊は今更のように漲《みなぎ》り亘る新樹の季節を見廻し、ふうっと息を空に吹いて
「それも、いいな」

表通りを曲ると間もなく崖端に病院の焼跡の空地があって、煉瓦塀《れんがべい》の一側がローマの古跡のように見える。ともよと湊は持ちものを叢《くさむら》の上に置き、足を投げ出した。

ともよは、湊になにかいろいろ訊いてみたい気持ちがあったのだが、いまこうして傍に並んでみると、そんな必要もなく、ただ、霧のような匂いにつつまれて、しんしんとするだけである。湊の方が却って弾《はず》んでいて
「今日は、ともちゃんが、すっかり大人に見えるね」

などと機嫌好さように云う。

ともよは何を云おうかと暫《しばら》く考えていたが、大したおもいつきでも無いようなことを、とうとう云い出した。

「あなた、お鮨《すし》、本当にお好きなの」

「さあ」

「じゃ何故来て食べるの」

「好きでないことはないさ、けど、さほど喰べたくない時でも、鮨を喰べるということが僕の慰みになるんだよ」

「なぜ」

何故、湊が、さほど鮨を喰べたくない時でも鮨を喰べるというその事だけが湊の慰めとなるかを話し出した。

――旧《ふる》くなって潰《つぶ》れるような家には妙な子供が生れるというものか、大きな家の潰れるときというものは、大人より子供にその脅えが予感されるというものか、それが激しく来ると、子は母の胎内にいるときから、そんな脅えに命を蝕まれているのかもしれないね――というような言葉を冒頭に湊は語り出した。

その子供は小さいときから甘いものを好まなかった。おやつにはせいぜい塩煎餅《せんべい》ぐらいを望んだ。食べるときは、上歯と下歯を叮嚀《ていねい》に揃《そろ》え円い形の煎餅の端を規則正しく噛み取った。ひどく湿っていない煎餅なら大概好い音がした。子供は噛み取った煎餅の破片をじゅうぶんに咀嚼《そしゃく》して咽喉《のど》へきれいに嚥《の》み下してから次の端を噛み取ることにかかる。上歯と下歯をまた叮嚀に揃え、その間へまた煎餅の次の端を挟み入れる――いざ、噛み破るときに子供は眼を薄く瞑《つぶ》り耳を澄ます。

ぺちん

同じ、ぺちんという音にも、いろいろの性質《たち》があった。子供は聞き慣れてその音の種類を聞き分けた。

ある一定の調子の響きを聞き当てたとき、子供はぷるぷると胴慄《どうぶる》いした。子供は煎餅を持った手を控えて、しばらく考え込む。うっすら眼に涙を溜めている。

家族は両親と、兄と姉と召使いだけだった。家中で、おかしな子供と云われていた。その子供の喰べものは外にまだ偏《かたよ》っていた。さかなが嫌いだった。あまり数の野菜は好かなかった。肉類は絶対に近づけなかった。

神経質のくせに表面は大ように見せている父親はときどき

「ぼうずはどうして生きているのかい」

と子供の食事を覗きに来た。一つは時勢のためでもあるが、父親は臆病なくせに大ように見せたがる性分から、家の没落をじりじり眺め乍ら「なに、まだ、まだ」とまけおしみを云って潰して行った。子供の小さい膳の上には、いつものように炒《い》り玉子と浅草海苔《のり》が、載っていた。母親は父親が覗くとその膳を袖で隠すようにして

「あんまり、はたから騒ぎ立てないで下さい、これさえ気まり悪がって喰べなくなりますから」

その子供には、実際、食事が苦痛だった。体内へ、色、香、味のある塊団《かたまり》を入れると、何か身が

穢《けが》れるような気がした。空気のような喰べものは無いかと思う。腹が減ると饑《う》えは充分感じるのだが、うっかり喰べる気はしなかった。床の間の冷たく透き通った水晶の置きものに、舌を当てたり、頬をつけたりした。饑えぬいて、頭の中が澄み切ったまま、だんだん、気が遠くなって行く。それが谷地の池水を距ててA―丘の後へ入りかける夕陽を眺めているときでもあると（湊の生れた家もこの辺の地勢に似た都会の一隅にあった。）子どもはこのままのめり倒れて死んでも関《かま》わないとさえ思う。だが、この場合は窪んだ腹に緊《きっ》く締めつけてある帯の間に両手を無理にさし込み、体は前のめりのまま首だけ仰のいて

「お母さあん」

と呼ぶ。子供の呼んだのは、現在の生みの母のことではなかった。子供は現在の生みの母は家族じゅうで一番好きである。けれども子供にはまだ他に自分に「お母さん」と呼ばれる女性があって、どこかに居そうな気がした。自分がいま呼んで、もし「はい」といってその女性が眼の前に出て来たなら自分はびっくりして気絶して仕舞うに違いないとは思う。しかし呼ぶことだけは悲しい楽しさだった。

「お母さあん、お母さあん」

　薄紙が風に慄えるような声が続いた。

「はあい」

と返事をして現在の生みの母親が出て来た。

「おや、この子は、こんな処で、どうしたのよ」

肩を揺《ゆす》って顔を覗き込む。子供は感違いした母親に対して何だか恥しく赫《あか》くなった。

「だから、三度々々ちゃんとご飯喰べてお呉れと云うに、さ、ほんとに後生だから」

母親はおろおろの声である。こういう心配の揚句《あげく》、玉子と浅草海苔が、この子の一ばん性に合う喰べものだということが見出されたのだった。これなら子供には腹に重苦しいだけで、穢されざるものに感じた。

子供はまた、ときどき、切ない感情が、体のどこからか判らないで体一ぱいに詰まるのを感じる。そのときは、酸味のある柔いものなら何でも噛んだ。生梅や橘《たちばな》の実を捥《も》いで来て噛んだ。さみだれの季節になると子供は都会の中の丘と谷合にそれ等の実の在所をそれらを啄《ついば》みに来る烏《からす》のようによく知っていた。

子供は、小学校はよく出来た。一度読んだり聞いたりしたものは、すぐ判って乾板のように脳の襞《ひだ》に焼きつけた。子供には学課の容易さがつまらなかった。つまらないという冷淡さが、却って学課の出来をよくした。

家の中でも学校でも、みんなはこの子供を別もの扱いにした。

父親と母親とが一室で言い争っていた末、母親は子供のところへ来て、しみじみとした調子でいった。

「ねえ、おまえがあんまり痩《や》せて行くもんだから学校の先生と学務委員たちの間で、あれは家庭で衛生の注意が足りないからだという話が持上ったのだよ。それを聞いて来てお父つあんは、ああいう性分だもんだから、私に意地くね悪く当りなさるんだよ」

そこで母親は、畳の上へ手をついて、子供に向ってこっくりと、頭を下げた。

「どうか頼むから、もっと、喰べるものを喰べて、肥ってお呉れ、そうして呉れないと、あたしは、朝晩、いたたまれない気がするから」

子供は自分の畸形《きけい》な性質から、いずれは犯すであろうと予感した罪悪を、犯したような気がした。わるい。母に手をつかせ、お叩頭《じぎ》をさせてしまったのだ。顔がかっとなって体に慄えが来た。だが不思議にも心は却って安らかだった。すでに、自分は、こんな不孝をして悪人となってしまった。こんな奴なら自分は滅びて仕舞っても自分で惜しいとも思うまい。よし、何でも喰べてみよう、喰べ馴れないものを喰べて体が慄え、吐いたりもどしたり、その上、体じゅうが濁り腐って死んじまっても好いとしよう。生きていてしじゅう喰べものの好き嫌いをし、人をも自分をも悩ませるよりその方がましではあるまいか――

子供は、平気を装って家のものと同じ食事をした。すぐ吐いた。口中や咽喉を極力無感覚に制御したつもりだが嚥《の》み下した喰べものが、母親以外の女の手が触れたものと思う途端に、胃嚢《いぶくろ》が不意に逆に絞り上げられた――女中の裾から出る剥《は》げた赤いゆもじや飯炊婆さんの横顔になぞって、ある黒鬢《びん》つけの印象が胸の中を暴力のように掻き廻した。

兄と姉はいやな顔をした。父親は、子供を横顔でちらりと見たまま、知らん顔して晩酌の盃を傾けていた。母親は子供の吐きものを始末しながら、恨めしそうに父親の顔を見て

「それご覧なさい。あたしのせいばかりではないでしょう。この子はこういう性分です」

と嘆息した。しかし、父親に対して母親はなお、おずおずはしていた。

その翌日であった。母親は青葉の映りの濃く射す縁側へ新しい茣蓙《ござ》を敷き、俎板《まないた》だの庖丁だの水桶だの蠅帳だの持ち出した。それもみな買い立ての真新しいものだった。

母親は自分と俎板を距てた向側に子供を坐らせた。子供の前には膳の上に一つの皿を置いた。

母親は、腕捲りして、薔薇《ばら》いろの掌を差出して手品師のように、手の裏表を返して子供に見せた。それからその手を言葉と共に調子づけて擦《こす》りながら云った。

「よくご覧、使う道具は、みんな新しいものだよ。それから拵《こしら》える人は、おまえさんの母さんだよ。手はこんなにもよくきれいに洗ってあるよ。判ったかい。判ったら、さ、そこで――」

母親は、鉢の中で炊きさました飯に酢を混ぜた。母親も子供もこんこん噎《む》せた。それから母親はその鉢を傍に寄せて、中からいくらかの飯の分量を掴み出して、両手で小さく長方形に握った。

蝿帳の中には、すでに鮨の具《ぐ》が調理されてあった。母親は素早くその中からひときれを取出して
それからちょっと押えて、長方形に握った飯の上へ載せた。子供の前の膳の上の皿へ置いた。玉子焼鮨だった。

「ほら、鮨だよ、おすしだよ。手々で、じかに掴《つか》んで喰べても好いのだよ」

子供は、その通りにした。はだかの肌をするする撫《な》でられるようなころ合いの酸味に、飯と、玉子のあまみがほろほろに交ったあじわいが丁度舌一ぱいに乗った具合――それをひとつ喰べて仕舞うと体を母に抛りつけたいほど、おいしさと、親しさが、ぬくめた香湯のように子供の身うちに湧いた。

子供はおいしいと云うのが、きまり悪いので、ただ、にいっと笑って、母の顔を見上げた。

「そら、もひとつ、いいかね」

母親は、また手品師のように、手をうら返しにして見せた後、飯を握り、蝿帳から具の一片《ひとき》れを取りだして押しつけ、子供の皿に置いた。

子供は今度は握った飯の上に乗った白く長方形の切片を気味悪く覗いた。すると母親は怖くない程度の威丈高になって

「何でもありません、白い玉子焼だと思って喰べればいいんです」

といった。

かくて、子供は、烏賊《いか》というものを生れて始めて喰べた。象牙《ぞうげ》のような滑らかさがあって、生餅よりも、よっぽど歯切れがよかった。子供は烏賊鮨を喰べていたその冒険のさなか、詰めていた息のようなものを、はっ、として顔の力みを解いた。うまかったことは、笑い顔でしか現わさなかった。

母親は、こんどは、飯の上に、白い透きとおる切片をつけて出した。子供は、それを取って口へ持って行くときに、脅かされるにおいに掠《かす》められたが、鼻を詰らせて、思い切って口の中へ入れた。

白く透き通る切片は、咀嚼《そしゃく》のために、上品なうま味に衝《つ》きくずされ、程よい滋味の圧感に混って、子供の細い咽喉へ通って行った。

「今のは、たしかに、ほんとうの魚に違いない。自分は、魚が喰べられたのだ——」

そう気づくと、子供は、はじめて、生きているものを噛み殺したような征服と新鮮を感じ、あたりを広く見廻したい歓びを感じた。むずむずする両方の脇腹を、同じような歓びで、じっとしていられない手の指で掴み掻いた。

「ひ　ひ　ひ　ひ　ひ」

無暗《むやみ》に疳高《かんだか》に子供は笑った。母親は、勝利は自分のものだと見てとると、指についた飯粒を、ひとつひとつ払い落したりしてから、わざと落ちついて蠅帳のなかを子供に見せぬよう覗いて云った。

「さあ、こんどは、何にしようかね……はてね……まだあるかしらん……」

子供は焦立《いらだ》って絶叫する。

「すし！　すし」

母親は、嬉しいのをぐっと堪える少し呆けたような――それは子供が、母としては一ばん好きな表情で、生涯忘れ得ない美しい顔をして

「では、お客さまのお好みによりまして、次を差上げまあす」

最初のときのように、薔薇いろの手を子供の眼の前に近づけ、母はまたも手品師のように裏と表を返して見せてから鮨を握り出した。同じような白い身の魚の鮨が握り出された。

母親はまず最初の試みに注意深く色と生臭の無い魚肉を選んだらしい。それは鯛《たい》と比良目《ひらめ》であった。

子供は続けて喰べた。母親が握って皿の上に置くのと、子供が掴み取る手と、競争するようになった。その熱中が、母と子を何も考えず、意識しない一つの気持ちの痺《しび》れた世界に牽《ひ》き入れた。五つ六つの鮨が握られて、掴み取られて、喰べられる――その運びに面白く調子がついて来た。素人《しろうと》の母親の握る鮨は、いちいち大きさが違っていて、形も不細工だった。鮨は、皿の上に、ころりと倒れて、載せた具《ぐ》を傍へ落すものもあった。子供は、そういうものへ却って愛感を覚え、自分で形を調えて喰べると余計おいしい気がした。子供は、ふと、日頃、内しょで呼んでいるも一人の幻想のなかの母といま目の前に鮨を握っている母とが眼の感覚だけか頭の中でか、一致しかけ一重の姿に紛れている気がした。もっと、ぴったり、一致して欲しいが、あまり一致したら恐ろしい気もする。

自分が、いつも、誰にも内しょで呼ぶ母はやはり、この母親であったのかしら、それがこんなにも自分においしいものを食べさせて呉れるこの母であったのなら、内密に心を外の母に移していたのが悪かった気がした。

「さあ、さあ、今日は、この位にして置きましょう。よく喰べてお呉れだったね」

目の前の母親は、飯粒のついた薔薇いろの手をぱんぱんと子供の前で気もちよさそうにはたいた。

それから後も五、六度、母親の手製の鮨に子供は慣らされて行った。

ざくろの花のような色の赤貝の身だの、二本の銀色の地色に竪縞《たてじま》のあるさより、、、だのに、子供は馴染《なじ》むようになった。子供はそれから、だんだん平常の飯の菜にも魚が喰べられるようになった。身体も見違えるほど健康になった。中学へはいる頃は、人が振り返るほど美しく逞しい少年になった。

すると不思議にも、今まで冷淡だった父親が、急に少年に興味を持ち出した。晩酌の膳の前に子供を坐らせて酒の対手《あいて》をさしてみたり、玉突きに連れて行ったり、茶屋酒も飲ませた。

その間に家はだんだん潰れて行く。父親は美しい息子が紺飛白《こんがすり》の着物を着て盃を銜《ふく》むのを見て陶然とする。他所《よそ》の女にちやほやされるのを見て手柄を感ずる。息子は十六七になったときには、結局いい道楽者になっていた。

母親は、育てるのに手数をかけた息子だけに、狂気のようになってその子を父親が台なしにして仕舞ったと怒る。その必死な母親の怒りに対して父親は張合いもなくうす苦く黙笑してばかりいる。家が傾く鬱積を、こういう夫婦争いで両親は晴らしているのだ、と息子はつくづく味気なく感じた。

　息子には学校へ行っても、学課が見通せて判り切ってるように思えた。中学でも彼は勉強もしないでよく出来た。高等学校から大学へ苦もなく進めた。それでいて、何かしら体のうちに切ないものがあって、それを晴らす方法は急いで求めてもなかなか見付からないように感ぜられた。永い憂鬱と退屈あそびのなかから大学も出、職も得た。

　家は全く潰れ、父母や兄姉も前後して死んだ。息子自身は頭が好くて、何処《どこ》へ行っても相当に用いられたが、何故か、一家の職にも、栄達にも気が進まなかった。二度目の妻が死んで、五十近くなった時、一寸《ちょっと》した投機でかなり儲《もう》け、一生独りの生活には事かかない見極めのついたのを機に職業も捨てた。それから後は、茲《ここ》のアパート、あちらの貸家と、彼の一所不定の生活が始まった。

　今のはなしのうちの子供、それから大きくなって息子と呼んではなしたのは私のことだと湊は長い談話のあとで、ともよに云った。

「ああ判った。それで先生は鮨がお好きなのね」

「いや、大人になってからは、そんなに好きでもなくなったのだが、近頃、年をとったせいか、しきりに母親のことを想い出すのでね。鮨までなつかしくなるんだよ」

二人の坐っている病院の焼跡のひとところに支えの朽《く》ちた藤棚があって、おどろのように藤蔓《ふじづる》が宙から地上に這い下り、それでも蔓の尖《さき》の方には若葉を一ぱいつけ、その間から痩せたうす紫の花房が雫《しずく》のように咲き垂れている。庭石の根締めになっていたやしおの躑躅《つつじ》が石を運び去られたあとの穴の側に半面、黝《あおぐろ》く枯れて火のあおりのあとを残しながら、半面に白い花をつけている。

庭の端の崖下は電車線路になっていて、ときどき轟々《ごうごう》と電車の行き過ぎる音だけが聞える。

竜《りゅう》の髭《ひげ》のなかのいちはつの花の紫が、夕風に揺れ、二人のいる近くに一本立っている太い棕梠《しゅろ》の木の影が、草叢《くさむら》の上にだんだん斜にかかって来た。ともよが買って来てそこへ置いた籠の河鹿が二声、三声、啼《な》き初めた。

二人は笑いを含んだ顔を見合せた。

「さあ、だいぶ遅くなった。ともちゃん、帰らなくては悪かろう」

ともよは河鹿の籠を捧げて立ち上った。すると、湊は自分の買った骨の透き通って見える髑髏魚《ゴーストフィッシュ》をも、そのままともよに与えて立ち去った。

湊はその後、すこしも福ずしに姿を見せなくなった。

「先生は、近頃、さっぱり姿を見せないね」

常連の間に不審がるものもあったが、やがてすっかり忘られてしまった。

ともよは湊と別れるとき、湊がどこのアパートにいるか聞きもらしたのが残念だった。それで、こちらから訪ねても行けず病院の焼跡へ暫く佇《たたず》んだり、あたりを見廻し乍ら石に腰かけて湊のことを考え時々は眼にうすく涙さえためてまた茫然として店へ帰って来るのであったが、やがてともよのそうした行為も止んで仕舞った。

此頃《このごろ》では、ともよは湊を思い出す度に

「先生は、何処《どこ》かへ越して、また何処かの鮨屋へ行ってらっしゃるのだろう――鮨屋は何処にでもあるんだもの――」

と漠然と考えるに過ぎなくなった。

朝御飯

林芙美子

ざるそば
とろろそば
650円
天ぷらそば
820円
鴨南ばん
760円
鍋焼うどん
920円

1

倫敦《ロンドン》で二ヶ月ばかり下宿住いをしたことがあるけれど、二ヶ月のあいだじゅう朝御飯が同じ献立だったのにはびっくりしてしまった。オートミール、ハムエッグス、ベーコン、紅茶、さすがに閉口してしまって、いまだにハムエッグスとベーコンを見ると胸がつかえそうになる時がある。

日本でも三百六十五日朝々味噌汁が絶えない風習だ。英国の朝食と云うのは、日本の味噌汁みたいに、三百六十五日ハムエッグスがつきものなのだろうか。但《ただ》し倫敦のオートミールはなかなかうまいと思った。熱いうちにバタを溶いて食塩で食べたり、マアマレイドで味つけしたり、砂糖とミルクを混ぜて食べたりしたものだった。

巴里《パリ》では、朝々、近くのキャフェで三日月《クロバチン》パンの焼きたてに、香ばしいコオフィを私は愉《たの》しみにしていたものである。——朝御飯を食べすぎると、一日じゅう頭や胃が重苦しい感じなので、巴里的な朝飯は、一番私たちにはいいような気がする。

淹《い》れたてのコオフィ一杯で時々朝飯ぬきにする時があるが、たいていは、紅茶にパンに野菜などの方が好き。このごろだったら、胡瓜《きゅうり》をふんだんに食べる。胡瓜を薄く刻《き》ざんで、濃い塩水につけて洗っておく。それをバタを塗ったパンに挟んで紅茶を添える。紅茶にはミルクなど入れないで、ウイスキーか葡萄酒を一、二滴まぜる。私にとってこれは無上のブレック・ファストです。

徹夜をして頭がモウロウとしている時は、歯を磨いたあと、冷蔵庫から冷したウイスキーを出して、小さいコップに一杯。一日が驚くほど活気を呈して来る。とくに真夏の朝、食事のいけぬ時に妙である。

夏の朝々は、私は色々と風変りな朝食を愉しむ。「飯」を食べる場合は、焚《た》きたての熱いのに、梅干をのせて、冷水をかけて食べるのも好き。春夏秋冬、焚きたてのキリキリ飯はうまいものです。飯は寝てる飯より、立ってる飯、つやのある飯、穴ぼこのある飯はきらい。子供の寝姿のように、ふっくり盛りあがって焚けてる飯を、櫃《ひつ》によそう時は、何とも云えない。味噌汁は煙草《たばこ》のみのひとにはいいが、私のうちでは、一ヶ月のうち、まず十日位しかつくらない。あとはたいてい、野菜とパンと紅茶。味噌汁や御飯を食べるのは、どうしても冬の方が多い。

これからはトマトも出《で》さかる。トマトはビクトリアと云う桃色なのをパンにはさむと美味《うま》い。トマトをパンに挟む時は、パンの内側にピーナツバタを塗って召し上れ。美味きこと天上に登る心地。そのほか、つくだ煮の類も、パンのつけ合せになかなかおつなものです。マアマレイドは、たいてい自分の家でつくる。

私は缶詰《かんづめ》くさいマアマレイドをあまり好かないので、買うときは瓶詰《びんづ》めを求めるようにしている。ありがたいことに、このごろ、酢漬けの胡瓜も、日本でうまく出来るようになったが、あれに辛子をちょっとつけて、パンをむしりながら砂糖のふんだんにはいった紅茶をすするのも美味い。そのほか私の発明でうまいと思ったものに、パセリの揚《あ》げたのをパンに挟むのや、大根の芽立てを摘《つ》んだつみな、夏の朝々百姓が売りに来るあれを、青々と茹《ゆ》でピーナツバタに和《あ》えてパンに挟む。御実験あれ。なかなかうまいものです。——梅雨時《つゆどき》の朝飯は、何と云っても、口の切れるような熱いコオフィと、トオストが美味のような気がします。

朝々、バタだけはふんだんに召上れ。皮膚《ひふ》のつやがたいへんよくなります。外国では、バタをつかうこと日本の醤油の如くです。バタをけちけちしてる食卓はあまり好きません。——日曜日の朝などは、サアジンとトマトちしゃのみじんにしたのなどパンにもよく、御飯にもいい。

朝々のお茶の類は、うんとギンミして、よきものを愉しむ舌を持ちたいものだ。茶の淹れかたも飯の焚きかたといっしょで心意気一つなり。コオフィにはなまぐさものの類、魚、野菜何でも似合わないような気がして、たいていの、ややこしい食事の時は紅茶にしている。但し、肉類をたべたあとの、つまり食後のコオフィはうまいものです。食事と茶と添う時は、まず紅茶の方だろうと思うけれど、如何《いかが》でしょう——。

2

このあいだ高見順さんの「霙降る背景」と云う小説を読んでいたら、郊外の待合《まちあい》で朝御飯を食べるところが描写してあった。なかなか達者な筆つきで、如何《いか》にも安待合の朝御飯がよく出ていたが、女主人公が、御飯と茶の味でその家の料理のうまいまずいがわかると云うところ、私もこれには同感だった。

私は方々《ほうぼう》旅をするので、旅の宿屋でたべる朝飯は、数かぎりもなく色々な思い出がある。まず悪口から云えば、いまでもはっきり思い出すのに、赤倉温泉に行って、香嶽楼と云う宿屋へ泊った時のことだ。ここは出迎えの自動車もあって、一流の宿屋だときいたのだけれど、朝飯にふかし飯《めし》を出されて、吃驚《びっくり》してしまった。ちょうど五月頃の客のない時で御飯もいちいち炊《た》けないのかも知れないけれど、二、三日泊っている間に、私は二、三度ふかし飯を食べさせられて女中さんに談判したことがある。どう云うせいなのか、これは三、四年前のことだのに、この無念さはいまだに思い出すのだから、食いものの恨みと云うものも、なかなか根強いものだと思う。——朝飯にかぎらず、食事のまずいのは東北。しかも樺太《からふと》あたりに行くと、朝からなまぐさい料理を出される。

朝飯がうまかった思い出は、静岡の辻梅と云う旅館に泊った時だ。ここでは何よりもまず茶のうまいのが愉《たの》しい。京都の縄手《なわて》にある西竹と云う家も朝御飯がふっくり炊けていてうまかった。それから、もっとうまいのに、船の御飯がある。船に乗る度《たび》におもうのだけれど、大連《だいれん》航路の朝の御飯はつくづくうまいと感心している。船旅では朝のトーストもなかなかうまいものだ。

パンで思い出すのは、北京《ペキン》の北京飯店の朝のマアマレイド。これは誰が煮るのか、澄んだ飴色《あめいろ》をしていて甘くなく酸っぱくなく実においしい。

私はめったに友人の家へ泊ったことがないけれど、鎌倉の深田久弥《ふかだきゅうや》氏の家へ泊った時の朝御飯は、今でも時々、うまかったと思い出す。奥さんはみかけによらぬ料理好きで、ちょいちょいと短時間にうまいものをつくる才能があって、火鉢でじいじいと炒《い》ためてくれるハムの味、卵子《たまご》のむし方、香《こう》のもの、思い出して涎《よだれ》が出るのだから、よっぽど美味かったのに違いない。

私は、朝の肉は気にかからないが、朝から魚を出されるのは閉口。中国地の魚どころへ行くと、朝からしゃこの煮つけなんか出される。朝たべられる果物は躯《からだ》に金《きん》のような作用をするそうだけれども、全く、中国地でありがたいものは、果物がふんだんにたべられること。私はこのごろ、朝々レモンを輪切りにして水に浮かして飲んでいるけれど運動不足の躯には大変いいように思う。いまごろだと苺《いちご》の砂糖煮もパンとつけあわせて美味いし、いんぎんのバタ炒《い》り、熱い粉《こ》ふき諸《いも》に、金沢のうにをつけて食べるのなど夏の朝々には愉しいものの一つだと思う。うには方々のを食べてみたけれど、金沢のうにが一番うまいと思った。これは朝々パンをトーストにして、バタのように塗って食べるのだけれど、これは、ちょっとうますぎる感じ。——食べものの話になると、もっともっと書きたいのだけれど一息やすませて貰って、そのうち、うまいものをたべある記でも書きましょう。

神戸

古川緑波

久しぶりで、神戸の町を歩いた。

此の六月半から七月にかけて、宝塚映画に出演したので、二十日以上も、宝塚の宿に滞在した。撮影の無い日は、神戸へ、何回か行った。三の宮から、元町をブラつくのが、大好きな僕は、新に開けたセンター街を抜けることによって、又、たのしみが殖えた。

センター街は然し、元町に比べれば、ジャカジャカし過ぎる。いささか、さびれた元町であるが、僕は元町へ出ると、何だか、ホッとする。戦争前の、よき元町の、よきプロムナードを思い出す。

戦争前の神戸。よかったなあ。

何から話していいか、困った。

で、先ず、阪急三の宮駅を下りて、弘養館に休んで、ゆっくり始めよう。

三の宮二丁目の、弘養館。それは一体、何年の昔に、ここのビフテキを、はじめて食べたことであったろうか。子供の頃のことには違いないのだが。

弘養館という店は、神戸が本店で、横浜にも、大阪にも、古くから同名の店があった。

神戸の弘養館は、昔は、三の宮一丁目にあったのだが、今は二丁目。

今回、何年ぶりかで、弘養館へ入って、先ず、その店の構えが、今どきでなく、三四人宛の別室になっているのが、珍しかった。

昔のまんまの「演出」らしいのだ。と言っても、その昔は、もう僕の記憶にない程、遠いことなので、ハッキリは言えない。でも、いきなり、こんなことで商売になるのかな？　と思う程、全く戦前的演出であった。

四人位のための一室に、連れの二人と僕の三人が席を取って、さて、「メニュウを」と言ったら、ボーイが、「うちは、メニュウは、ございません」

と、思い出した。此の店は、ビフテキと、ロブスターの二種しか料理は無かったんだ。昔のまんまだ。やっぱり。弘養館へ来て、メニュウをと言うのは野暮だった。

「ビフテキを貰おう」

スープも附くというから、それも。

先ず、スープが運ばれた。深い容器に入っている、ポタージュだ。ポタージュ・サンジェルマンと言うか、青豆のスープ。それが、まことに薄い。

ひどく薄いな。そして、無造作に、鶏肉のちぎって投げ込んだようなのが、浮身（此の際、浮かないが）だ。

ポタージュの、たんのうする味には、縁の遠い、ほんの、おまけという感じだ。つまりは、此の店、これは、ビフテキの前奏曲として扱っているんだろう。

然し、何んだか昔の味がしたようだ。

ビフテキは、先ず、運ばれた皿が嬉しかった。藍染附《あい》の、大きな皿は、ルイ王朝時代のものを模した奴で、これは、戦後の作品《もの》ではない。疎開して置いたものに違いない。この皿は、昔のまんまだ、少くとも、これだけは。

ビフテキは、如何焼きましょうと言われて、任せると言ったので、中くらいに焼けている。ここにも昔の味があった。近頃のビフテキには無いんだ、この味。悪く言えば、何んだかちいっと、おかったるいという味。然し、ビフテキってもの、正に昔は、こうだった。

子供の昔に返ったような気持で、ビフテキを食い、色々綺麗に並んでいる添野菜を食う。温・冷さまざまの料理が、一々念入りに出来ていたのが嬉しい。此の藍色の皿で、野菜を食っていて、ふいッと思い出した。

そうだ、僕が、生れてはじめて、アテチョック（アルティショー――食用薊《あざみ》）ってものを食ったのは、神戸の弘養館だった。

中学生か、もっと幼かりし日かの僕。アテチョックを出されて、食い方が分らなくて、弱ったんだっけ。そして、僕を連れて行って呉れた伯父に教わって、こわごわ食った。その時、伯父は、これはアテチョコというものだと、それも教えて呉れた。

昔のことを思い出しながら、食い終って、僕は、此の店の主人に会いたいと申し入れた。昔のはなしが、ききたかったから。

ボーイが、「はい、大将いてはります」と言う。大将と呼ぶことの、又何と、今どきでないことよ。

大将に会って、きいてみたら、何と、此の店は、現在の大将の祖父の代から、やっているのだそうで、七八十年の歴史があると言うのだ。

「へえ、祖父の代には、パンが一銭、ビフテキが五銭でしてん」

そんなら僕が、幼少の頃に来た時は、二代目の時世だったのだろう。そんな昔からの、そのままの流儀で、押し通して来た、弘養館なのである。

味も、建物も、すべてが、昔風。こんなことで商売になるのかと心配したが、時分時《じぶんどき》でもない、午後三時頃に、僕の部屋以外にも、客の声がしていた。

七八十年の歴史。売り込んだものである。

さて、弘養館を出ると、又、僕は思い出すのである。

三の宮バーは、無くなったのかな？

此の近くにあった、小さな店。バーとは言っても、二階がレストオランになっていて、うまくて安い洋食を食わせた。

安洋食に違いないが、外人客が多いから、味はいいし、第一、全く安かった。スープが、二十銭だったと思う。ちゃんとした、うまいコンソメだった。神戸の夜を遊ぼうというには、先ず、此処を振り出しにした。ここで、アメリカのウイスキー、コロネーションとか、マウンテンデュウなどという、これが又安いんだ、それをガブガブ飲み、安い洋食を、ふんだんに食ってしまう。

こうして、酔っぱらって置けば、女人のいるバーへ行ってから、あんまり飲まずに済むからというんで、下地を作ったわけだ。

戦争になる前のことだ。

戦争になってからは、やっぱり、すぐ此の辺にあった、シルヴァーダラーへ、よく通った。

酒も食物も乏しくなった時に、シルヴァーダラーのおやじは、そっと、うまい酒を飲ませて呉れ、ツルネード・ステーキなどを惜えて呉れた。他の客のは、鯨肉なのに、僕のだけは、立派なビーフだった。涙が出る程、嬉しかった。

大阪の芝居が終ると、阪急電車で駈けつけた、あんまりよく通ったので、おやじが、勲章の代りに、シルヴァー・ダラーの名に因《ちな》んで、大きな、外国の銀貨を呉れたものだった。

三の宮から元町の方へ歩いて行くと、僕の眼は、十五銀行の方を見ないわけには行かない。もうそこには、今は無いのだが、ヴェルネクラブが、あったからである。

十五銀行の地下に、仏人ヴェルネさんの経営する、ヴェルネクラブがあった。

僕が、そこを覚えたのは、もう二十年近くも以前のことだろう。それから戦争で閉鎖となり、又終戦後一度復活したのだが、又閉店して、今は同じ名前だが、キャバレーになってしまった。

ヴェルネクラブの、安くてうまい洋食は、先ずそのランチに始まった。むかしランチは確か一円だったと思う。それでスープと軽いものと、重いものと二皿だった。

それは、此の辺に勤めている外国人、日本人の喜ぶところで、毎日の昼食の繁盛は、大変なものだった。

ランチも美味かったが、ヴェルネさんに特別に頼んで、別室で食わして貰ったフランス料理の定食は、今も思い出す。何処までも、フランス流の料理ばかり。そして、デザートには、パンケーキ・スゼット。

それが、戦争になって、材料が欠乏して来ると、ヴェルネさんは嘆いていた。

「ロッパさん、（それが、フランス式発音なので、オッパさんというように聞えた）むずかしい。沢山、むずかしい」

そう言って、両手を拡げて、処置なしという表情。材料が無くなり、ヤミが、やかましくなって、彼の商売は、沢山むずかしくなって来た。

やがて閉鎖した。

此の間、何年か相立ち申し候。

昭和二十五年の夏だった。

再開したと聞いて、僕は、ヴェルネへ駆けつけた。

「オッパさん！」と、ヴェルネさんが、歓迎して呉れて、昔の僕の写真の貼ってあるアルバムを出して来たりした。

テーブルクロースも昔のままの、赤と白の格子柄。メニュウを見ると、昔一円なりしランチが、二百五十円と五百円の二種。五百円のを取ると、オルドヴルから、ポタージュ。大きなビフテキ。冷コーヒーに、ケーキ。

ビフテキも上等だったが、それにも増して嬉しかったのは、フランスパンの登場だった。終戦後は、アメリカ風の、真ッ白いパンばっかり食わされていたのが、久しぶりで（数年ぶり）フランスパンが出たので、嬉しかった。

その時の神戸滞在中、七八度続けて通った。そして、グリル・チキン、スパゲティ、ピカタ、アントレコット等、行く度に色々食ったものであった。

それが、それから数年経って行ってみたら、キャバレーになっていた。

でも、僕は、その辺を通る度に、ちらっと、在りし日のヴェルネクラブの方を見るのである。

今日も、ちらりと、その方を見ながら、元町へ入る。此の町は、昔から、日本中で一番好きな散歩道なのだが、ここには別段食いものの思い出は無い。

食うとなると、僕は、南京町の方へ入って、中華第一楼などで、支那料理を食ったので、元町の散歩道では、昔の三ツ輪のすき焼を思い出す位なものだ。

こっちから入ると、左側の三ツ輪は、今は、すき焼は、やっていない。牛肉と牛肉の味噌漬、佃煮を売る店になったが、昔は此の二階で、すき焼を食わせた。

もう少し行くと、左側の露路に、伊藤グリルがある。戦争前からの古い店で、戦争中に、よく無理を言っては、うまい肉を食わして貰った。

だから伊藤グリルを忘れてはならなかった。

戦後も行って、お得意の海老コロッケなどを食った。ここは気取らない、大衆的なグリルである。

そうだ、此の露路に、有名な豚肉饅頭の店がある。

森田たまさんの近著『ふるさとの味』にそこのことが出て来るので、一寸抄く。

……神戸元町のちょっと横へはいった、――あすこはもう南京町というのかしら、狭い露地の中に汚ならしい支那饅頭屋があって、そこの肉饅頭の味は天下一品と思ったが、それも一つには、十銭に五つという値段のやすさが影響しているに違いない。この肉饅頭は谷崎先生のおたくでも愛用されたという話を、近頃うかがって愉快である。……

全く此の肉饅頭は、うまいのである。そして、森田さん、十銭に五つと書いて居られるが、僕の知っている頃（昭和初期か）は、一個が二銭五厘。すなわち、十銭に四つであった。

そのような安さにも関わらず、実に、うまい。他の、もっと高い店のよりも、ずっと、うまいんだから驚く。中身の肉も決して不味くはないが、皮がうまい。何か秘訣があるのだろう。

その肉饅頭も、無論戦争苛烈となるに連れて姿を消したが、終戦後再開した。

そして又、ベラボーな安価で売っている。今度は、二十円で三個である。

ところが、それでいて、又何処のより美味い。これは、声を大にして叫びたい位だ。昔もそうだったが、そんな風だから、今でも大変な繁盛で、夕方行ったら売切れている方が多い。この肉饅頭の店、そんなら何という名なのか、と言うと、これは恐らく誰も知らないだろう。饅頭は有名だが、店の名というものが、知られていない。

知られていないのが当然。店に名が無いのである。

今回も、気になるから、わざわざあの露路へ入って、確かめてみた。

「元祖　豚まんじゅう」という看板が出ているだけだ。店の名は、何処を探しても出ていない。(包紙なども無地だ)

標札に、「曹秋英」と書いてあった。

兎に角、この豚饅頭を知らずして、元町を、神戸を、語る資格は無い、と言いたい。

露路を出て、元町ブラをする。

これは戦後いち早く出来た、アルドスというアイスクリームの店。大きな店構えで、アイスクリーム専門だった。暫くうまいアイスクリームなんか口に出来なかった戦後のことだから、ここのアイスクリームは、びっくりする程うまかった。

ヴァニラと、チョコレートとあって、各々バタを、ふんだんに使ったビスケット附き。それも美味かった。

それが、今度行ってみたら、アルドスという店は無くなっていた。アイスクリームは、全国的に、ソフトに食われてしまったのか。

戦後に、やはり此の辺に、神戸ハムグリルという大衆的な、安い洋食を食わせる店があって愛用したものだが、それも、見つからなかった。

もっと行くとこれも左側にコーヒー屋の藤屋がある。戦争中は、ここのコーヒーが、素晴しかった。今は代が変ったのか、大分趣が変ってしまった。

元町から、三の宮の方へ戻ろう。

ヴェルネクラブのあった、十五銀行の方を又振り返り、そしてその向うの、海の方も気にしながら——

というのは、此処の海には、フランス船の御馳走の思い出があるからだ。M・Mの船の、クイン・ドウメルや、アラミスなどというので食べた、本場のフランス料理、此のことは既に書いたから、略す。

三の宮へ引返すのに、センター街を通って行く。昔は元町と三の宮の間には、繁華街は無くて、生田筋から、トアロードを廻ったりしたものだが、今はセンター街がある。

センター街の賑わいは、ともすると、元町の客を奪って、昔の元町のような勢を示している。

ここにも、うまいものの店は、あるのだろうが、僕は、此処については、まだ詳しくない。

知っているのは、センター街の角にある、ドンクというベーカリー。そこのパンを僕は絶賛するものである。ドンク（英字ではＤＯＮＱ）のフランスパンは、日本中で一番うまいものではあるまいか。僕は、此処のパンを、取り寄せて食べている。

センター街から、三の宮附近へ戻る。

生田神社の西隣りに、ユーハイムがある。歴史も古き、ユーハイムである。無論、元は場所が違った。もっと海に近い方にあったのだが、戦後、此方へ店を出した。

神戸といえば、洋菓子といえば、ユーハイム、と言った位、古く売り込んだ店である。今回行って、コーヒーを飲み、その味、実によし、と思った。

モカ系のコーヒーで、丁寧に淹《い》れてあって、これは中々東京には無い味だった。

関西では兎角《とかく》、ジャワ、ブラジル系のコーヒーが多いのに、此の店のは、モカの香り。そして、洋菓子も、流石に老舗を誇るだけに、良心的で、いいものばかりだった。ミートパイがあったので試みた。これも、今の時代では最高と言えるもので、しっとりとした、いい味であった。

ユーハイムを出て少し行くと、ハイウェイがある。これは戦前からのレストオランで、もとの場所とは、一寸違うが、すぐ近くで開店。又最近、北長狭通へ移った。きちんとした、正道の西洋料理店。戦時は、大東グリルという名に改めた。大東亜の大東かと思ったら、主人の名が大東だった。それも、昔のハイウェイを名乗って再開。やっぱり、折目正しい、サーヴィスで、柾目の通ったものを食わせる。最近行って、ビフテキを食ったが、結構なものだった。

その直ぐ傍に、平和楼がある。中華料理で、かなり庶民的。僕は、神戸へ行く度に必ず此処へ行く。

平和楼と言えば、戦前神戸には有名な平和楼があった。支那料理ではあるがかなり欧風化した、そして日本人の口に合うような料理を食わせる店だったが、その平和楼とは、場所も経営者も違う。

但し、全然縁が無いことはないので、此の店の経営者は、昔の平和楼の一番コックだった人である。

が、今度は、欧風又は日本風の料理ではなく、純支那風のものを食わせる。これでなくちゃあ、ありがたくない。で、僕が此処で、必ず第一番に註文するのは、紅焼魚翅だ。ふかのひれのスープ。これが何よりの好物で、三四人前、ペロペロと食ってしまう。

東京の支那料理屋では、何《ど》うして、こういう風に行かないだろう。魚翅も随分方々で食ってみるが、こういう、ドロドロッとした、濃厚なスープには、ぶつからない。

東京で食うのは、魚翅もカタマリのまんまのや、それの澄汁のような、コンソメのようなの、又は、ポタージュに近くても、濃度も足りないし、色々な、オマケの如きものが混入していて、つまらない。こればっかりは、神戸の、本場の中国人が作ったものには敵わないのではないか。

平和楼以前に、僕は、戦後二三年経って、神戸のトアロードの、かなり下の方にあった、福神楼というので、紅焼魚翅を食った。それが此の、ドロドロの、僕の最も好むところのものであった。

此の福神楼は、今はもう無い。

平和楼の、ドロドロの、ふかのひれ。これを思うと、僕は、わざわざ東京からそれだけのためにでも、神戸へ行きたくなるのである。

その他の料理も皆、純中国流に作られていて、近頃の東京のように、洋食に近いような味でないのが、嬉しい。

此の店、階下を、流行のギョウザの店に改装し、これも中々流行《はや》っている。

支那料理の話になったら、神戸は本場だ、もう少し語らなくてはなるまい。

戦前から、戦中にかけて、僕が最も愛用したのは、元町駅に近い、神仙閣である。これは、谷崎潤一郎先生に教わって行った。そして、その美味いこと、安いことは、実に何とも言いようのないものであった。

現今流行の、ギョウザなどというものも、此の店では、十何年前から食わしていた。

さて、戦後（一九五四年）、戦災で焼けてから、建ち直った神仙閣へ行った。

入口のドアを開けると、中国人が大きな声で、「やアッ、ヤーアッ！」というような、掛け声の如き、叫びを叫んだ。

「いらっしゃい」と言う、歓迎の辞であろう。途端に、ああ昔も、此の通りだったな、と思い出した。

そして、久しぶりで此処の料理を食ったのであるが、昔に変らず美味かった。但し、いささか味が欧風化されたのではないかという疑問が残ったが。

そして、ここいらで、忘れないうちに書いて置かなくてはならないことは、これらの支那料理は、全部、神戸は安い、ということだ。

東京では、こうは行かない、という値段なのだ。つまり、神戸の支那料理は、何処へ行ったって、東京よりは、うまくって、安い。これだけは、書いておかなくっちゃ。

さて、その神仙閣は、一昨年だったか、火事になって焼失し、今度は又、三の宮近くに、三階建のビルディングを新築して開店。大いに流行っているそうだが、まだ今回は、試みる暇がなかった。

次の機会には、行ってみよう。又もや入口を入ると、「やアッ、ヤヤヤッ!」というような歓迎を受けることであろう。それが、先ず、たのしみだ。

くだもの　正岡子規

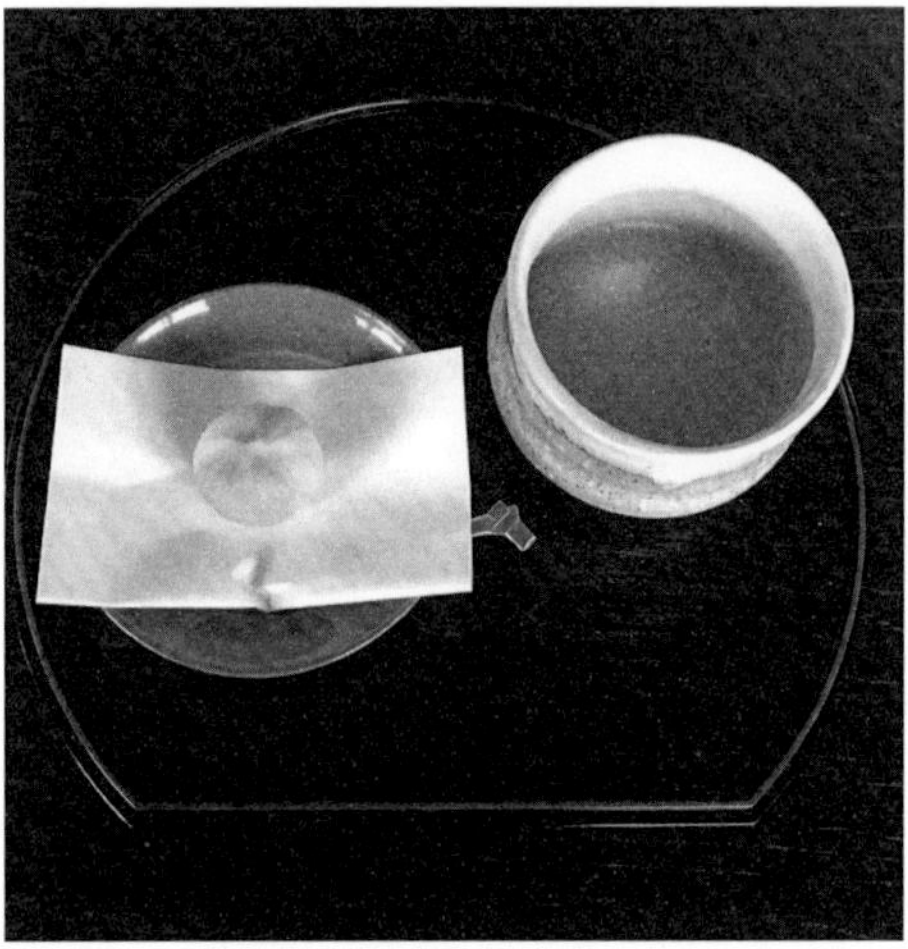

植物学の上より見たるくだものでもなく、産物学の上より見たるくだものでもなく、ただ病牀で食うて見たくだものの味のよしあしをいうのである。間違うておる処は病人の舌の荒れておる故と見てくれたまえ。

○くだものの字義　くだもの、というのはくだすものという義で、くだすというのは腐ることである。菓物《くだもの》は凡て熟するものであるから、それをくさるといったのである。大概の菓物はくだものに違いないが、栗、椎《しい》の実、胡桃《くるみ》、団栗《どんぐり》などいうものは、くだものとはいえないだろう。さらばこれらのものを総称して何というかといえば、木の実というのである。木の実といえば栗、椎の実も普通のくだものも共に包含せられておる理窟であるが、俳句では普通のくだものは皆別々に題になって居るから、木の実といえば椎の実の如き類の者をいうように思われる。しかしまた一方からいうと、木の実というばかりでは、広い意味に取っても、覆盆子《いちご》や葡萄《ぶどう》などは這入らぬ。其処で木の実、草の実と並べていわねば完全せぬわけになる。この点では、くだものといえばかえって覆盆子も葡萄もこめられるわけになる。くだもの類を東京では水菓子という。余の国などでは、なりものともいうておる。

○くだものに準《じゅん》ずべきもの　畑に作るものの内で、西瓜《すいか》と真桑瓜《まくわうり》とは他の畑物とは違うて、かえってくだものの方に入れてもよいものであろう。それは甘味があってしかも生《なま》で食う所がくだものの資格を具えておる。

○くだものと気候　気候によりてくだものの種類または発達を異にするのはいうまでもない。日本の本州ばかりでいっても、南方の熱い処には蜜柑《みかん》やザボンがよく出来て、北方の寒い国では林檎《りんご》や梨がよく出来るという位差はある。まして台湾以南の熱帯地方では椰子《やし》とかバナナとかパインアップルとかいうような、まるで種類も味も違った菓物がある。江南の橘《たちばな》も江北に植えると枳殻《からたち》となるという話は古くよりあるが、これは無論の事で、同じ蜜柑の類でも、日本の蜜柑は酸味が多いが、支那の南方の蜜柑は甘味が多いというほどの差がある。気候に関する菓物の特色をひっくるめていうと、熱帯に近い方の菓物は、非常に肉が柔かで酸味が極めて少い。その寒さの強い国の菓物は熱帯ほどにはないがやはり肉が柔かで甘味がある。中間の温帯のくだものは、汁が多く酸味が多き点において他と違っておる。しかしこれは極《ごく》大体の特色で、殊にこの頃のように農芸の事が進歩するといろいろの例外が出来てくるのはいうまでもない。

○くだものの大小　くだものは培養の如何によって大きくもなり小さくもなるが、違う種類の菓物で大小を比較して見ると、準くだものではあるが、西瓜が一番大きいであろう。一番小さいのは榎実《えのみ》位で鬼貫《おにつら》の句にも「木にも似ずさても小さき榎実かな」とある。しかし榎実はくだものでないとすれば、小さいのは何であろうか。水菓子屋がかつてグースベリーだとかいうてくれたものは榎実よりも少し大きい位のものであったが、味は旨くもなかった。野葡萄なども小さいかしらん。凡《すべ》て野生の食われぬものは小さいのが多い。大きい方も西瓜を除けばザボンかパインアップルであろう。椰子の実も大きいが真物《ほんもの》を見た事がないから知らん。

○くだものと色　くだものには大概美しい皮がかぶさっておる。覆盆子、桑の実などはやや違う。その皮の色は多くは始め青い色であって熟するほど黄色かまたは赤色になる。中には紫色になるものもある。（西瓜の皮は始めから終りまで青い）普通のくだものの皮は赤なら赤黄なら黄と一色であるが、林檎《りんご》に至っては一個の菓物《くだもの》の内に濃紅や淡紅や樺《かば》や黄や緑や種々な色があって、色彩の美を極めて居る。その皮をむいで見ると、肉の色はまた違うて来る。柑類は皮の色も肉の色も殆《ほとん》ど同一であるが、柿は肉の色がすこし薄い。葡萄の如きは肉の紫色は皮の紫色よりも遥《はるか》に薄い。あるいは肉の緑なのもある。林檎に至っては美しい皮一枚の下は真白の肉の色である。しかし白い肉にも少しは区別があってやや黄を帯びているのは甘味が多うて青味を帯びているのは酸味が多い。

○くだものと香　熱帯の菓物は熱帯臭くて、寒国の菓物は冷たい匂いがする。しかし菓物の香気として昔から特に賞するのは柑類である。殊にこの香ばしい涼しい匂いは酸液から来る匂いであるから、酸味の強いものほど香気が高い。柚橙《ゆずだいだい》の如きはこれである。その他の一般の菓物は殆《ほとん》ど香気を持たぬ。

○くだものの旨き部分　一個の菓物のうちで処によりて味に違いがある。一般にいうと心《しん》の方よりは皮に近い方が甘くて、尖《さき》の方よりは本の方即《すなわち》軸の方が甘味が多い。その著しい例は林檎である。林檎は心までも食う事が出来るけれど、心には殆ど甘味がない。皮に近い部分が最も旨いのであるから、これを食う時に皮を少し厚くむいて置いて、その皮の裏を吸うのも旨いものである。しかるにこれに反対のやつは柿であって柿の半熟のものは、心の方が先ず熟して居って、皮に近い部分は渋味を残して居る。また尖の方は熟して居っても軸の方は熟して居らぬ。真桑瓜《まくわうり》は尖の方よりも蔓《つる》の方がよく熟して居るが、皮に近い部分は極めて熟しにくい。西瓜などは日表《ひおもて》が甘いというが、外の菓物にも太陽の光線との関係が多いであろう。

○くだものの鑑定　皮の青いのが酸くて、赤いのが甘いという位は誰れにもわかる。林檎のように種類の多いものは皮の色を見て味を判定することが出来ぬが、ただ緑色の交っている林檎は酸《す》いという事だけはたしかだ。梨は皮の色の茶色がかっている方が甘味が多くて、やや青みを帯びている方は汁が多く酸味が多い。皮の斑点の大きなのはきめの荒いことを証し、斑点の細かいのはきめの細かいことを証しておる。蜜柑は皮の厚いのに酸味が多くて皮の薄いのに甘味が多い。貯えた蜜柑の皮に光沢があって、皮と肉との間に空虚のあるやつは中の肉の乾《ひか》びておることが多い。皮がしなびて皺《しわ》がよっているようなやつは必ず汁が多くて旨い。

○くだものの嗜好《しこう》　菓物は淡泊なものであるから普通に嫌いという人は少ないが、日本人ではバナナのような熱帯臭いものは得《え》食わぬ人も沢山ある。また好きという内でも何が最も好きかというと、それは人によって一々違う。柿が一番旨いという人もあれば、柿には酸味がないから菓物の味がせぬというて嫌う人もある。梨が一番いいという人もあれば、菓物は何でもくうが梨だけは厭やだという人もある。あるいは覆盆子《いちご》を好む人もあり葡萄をほめる人もある。桃が上品でいいという人もあれば、林檎ほど旨いものはないという人もある。それらは十人十色であるが、誰れも嫌わぬもので最も普通なものは蜜柑である。かつ蜜柑は最も長く貯え得るものであるから、食う人も自《おのずか》ら多いわけである。

○くだものと余　余がくだものを好むのは病気のためであるか、他に原因があるか一向にわからん、子供の頃はいうまでもなく書生時代になっても菓物は好きであったから、二ヶ月の学費が手に入って牛肉を食いに行たあとでは、いつでも菓物を買うて来て食うのが例であった。大きな梨ならば六つか七つ、樽柿《たるがき》ならば七つか八つ、蜜柑ならば十五か二十位食うのが常習であった。田舎へ行脚《あんぎゃ》に出掛けた時なども、普通の旅籠《はたご》の外に酒一本も飲まぬから金はいらぬはずであるが、時々路傍《ろぼう》の茶店に休んで、梨や柿をくうのが僻《くせ》であるから、存外に金を遣うような事になるのであった。病気になって全く床を離れぬようになってからは外に楽みがないので、食物の事が一番贅沢《ぜいたく》になり、終には菓物も毎日食うようになった。毎日食うようになっては何が旨いというよりは、ただ珍らしいものが旨いという事になって、とりとめた事はない。その内でも酸味の多いものは最も厭《あ》きにくくて余計にくうが、これは熱のある故でもあろう。夏蜜柑《なつみかん》などはあまり酸味が多いので普通の人は食わぬけれど、熱のある時には非常に旨く感じる。これに反して林檎のような酸味の少い汁の少いものは、始め食う時は非常に旨くても、二、三日も続けてくうとすぐに厭きが来る。柿は非常に甘いのと、汁はないけれど林檎のようには乾いて居らぬので、厭かずに食える。しかしだんだん気候が寒くなって後にくうと、すぐに腹を傷《いた》めるので、前年も胃痙《いけい》をやって懲《こ》り懲《ご》りした事がある。梨も同し事で冬の梨は旨いけれど、ひやりと腹に染《し》み込むのがいやだ。しかしながら自分には殆ど嫌いじゃという菓物はない。バナナも旨い。パインアップルも旨い。桑の実も旨い。槙《まき》の実も旨い。くうた事のないのは杉の実と万年青《おもと》の実位である。

○覆盆子《いちご》を食いし事　明治廿四年六月の事であった。学校の試験も切迫して来るのでいよいよ脳が悪くなった。これでは試験も受けられぬというので試験の済まぬ内に余は帰国する事に定めた。菅笠《すげがさ》や草鞋《わらじ》を買うて用意を整えて上野の汽車に乗り込んだ。軽井沢に一泊して善光寺に参詣《さんけい》してそれから伏見山まで来て一泊した。これは松本街道なのである。翌日猿が馬場という峠《とうげ》にかかって来ると、何にしろ呼吸病にかかっている余には苦しい事いうまでもない。少しずつ登ってようよう半腹《はんぷく》に来たと思う時分に、路の傍に木いちごの一面に熟しているのを見つけた。これは意外な事で嬉しさもまた格外であったが、少し不思議に思うたのは、何となく其処が人が作った畑のように見えた事である。やや躊躇《ちゅうちょ》していたが、このあたりには人家も畑も何もない事であるからわざわざかような不便な処へ覆盆子を植えるわけもないという事に決定して終《つい》に思う存分食うた。喉《のど》は乾いて居るし、息は苦しいし、この際の旨さは口にいう事も出来ぬ。

明治廿六年の夏から秋へかけて奥羽《おうう》行脚を試みた時に、酒田から北に向って海岸を一直線に八郎湖まで来た。それから引きかえして、秋田から横手へと志した。その途中で大曲《おおまがり》で一泊して六郷を通り過ぎた時に、道の左傍に平和街道へ出る近道が出来たという事が棒杭《ぼうぐい》に書てあった。近道が出来たのならば横手へ廻る必要もないから、この近道を行って見ようと思うて、左へ這入て行ったところが、昔からの街道でないのだから昼飯を食う処もないのには閉口した。路傍の茶店を一軒見つけ出して怪しい昼飯を済まして、それから奥へ進んで行く所がだんだん山が近くなるほど村も淋《さび》しくなる、心細い様ではあるがまたなつかしい心持もした。山路にかかって来ると路は思いの外によい路で、あまり林などはないから麓村《ふもとむら》などを見下して晴れ晴れとしてよかった。しかし人の通らぬ処と見えて、旅人にも会わねば木樵《きこり》にも遇《あ》わぬ。もとより茶店が一軒あるわけでもない。頂上近く登ったと思う時分に向うを見ると、向うは皆自分の居る処よりも遥《はるか》に高い山がめぐっておる。自分の居る山と向うの山との谷を見ると、何町あるかもわからぬと思うほど下へ深く見える。その大きな谷あいには森もなく、畑もなく、家もなく、ただ奇麗な谷あいであった。それから山の脊《せ》に添うて曲りくねった路を歩むともなく歩でいると、遥《はるか》の谷底に極平たい地面があって、其処に沢山点を打ったようなものが見える。何ともわからぬので不思議に堪えなかった。だんだん歩いている内に、路が下っていたと見え、曲り角に来た時にふと下を見下すと、さきに点を打ったように見えたのは牛であるという事がわかるまでに近づいていた。いよいよ不思議になった。牛は四、五十頭もいるであろうと思われたが、人も家も少しも見えぬのである。それからまた暫く歩いていると、路傍の荊棘《いばら》の中でがさがさという音がしたので、余は驚いた。見ると牛であった。頭の上の方の崖《がけ》でもがさがさという、其処にも牛がいるのである。向うの方がまたがさがさいうので牛かと思うて見ると今度は人であった。始て牛飼の居る事がわかった。崖の下を見ると牛の群がっておる例の平地はすぐ目の前にまで近づいて来て居ったのに驚いた。余の位地は非常に下って来たのである。其処らの叢《くさむら》にも路にもいくつともなく牛が群れて居るので余は少し当惑したが、幸に牛の方で逃げてくれるので通行には邪魔にならなかった。それからまた同じような山路を二、三町も行た頃であったと思う、突然左り側の崖の上に木いちごの林を見つけ出したのである。あるもあるも四、五間の間は透間《すきま》もなきいちごの茂りで、しかも猿が馬場で見たような瘠《やせ》いちごではなかった。嬉しさはいうまでもないので、餓鬼《がき》のように食うた。食うても食うても尽きる事ではない。時々後ろの方から牛が襲うて来やしまいかと恐れて後振り向いて見てはまた一散に食い入った。もとより厭く事を知らぬ余であるけれども、日の暮れかかったのに驚いていちご林を見棄てた。大急ぎに山を下りながら、遥かの木の間を見下すと、麓の村に夕日の残っておるのが画の如く見えた。あそこいらまではまだなかなか遠い事であろうと思われて心細かった。

明治廿八年の五月の末から余は神戸病院に入院して居った。この時虚子が来てくれてその後碧梧桐《へきごとう》も来てくれて看護の手は充分に届いたのであるが、余は非常な衰弱で一杯の牛乳も一杯のソップも飲む事が出来なんだ。そこで医者の許しを得て、少しばかりのいちごを食う事を許されて、毎朝こればかりは闕《か》かした事がなかった。それも町に売っておるいちごは古くていかぬというので、虚子と碧梧桐が毎朝一日がわりにいちご畑へ行て取て来てくれるのであった。余は病牀でそれを待ちながら二人が爪上りのいちご畑でいちごを摘《つ》んでいる光景などを頻《しき》りに目前に描いていた。やがて一籠《ひとかご》のいちごは余の病牀に置かれるのであった。このいちごの事がいつまでも忘れられぬので余は東京の寓居《ぐうきょ》に帰って来て後、庭の垣根に西洋いちごを植えて楽んでいた。

○桑の実を食いし事　信州の旅行は蚕時であったので道々の桑畑はいずこも茂っていた。木曾へ這入ると山と川との間の狭い地面が皆桑畑である。その桑畑の囲いの処には幾年も切らずにいる大きな桑があってそれには真黒な実がおびただしくなっておる。見逃がす事ではない、余はそれを食い始めた。桑の実の味はあまり世人に賞翫《しょうがん》されぬのであるが、その旨さ加減は他に較《くら》べる者もないほどよい味である。余はそれを食い出してから一瞬時も手を措《お》かぬので、桑の老木が見える処へは横路でも何でもかまわず這入って行って貪《むさぼ》られるだけ貪った。何升《なんしょう》食ったか自分にもわからぬがとにかくそれがためにその日は六里ばかりしか歩けなかった。寐覚《ねざめ》の里へ来て名物の蕎麦《そば》を勧められたが、蕎麦などを食う腹はなかった。もとよりこの日は一粒の昼飯も食わなかったのである。木曾の桑の実は寐覚蕎麦より旨い名物である。

○苗代茱萸《ぐみ》を食いし事　同じ信州の旅行の時に道傍の家に苗代茱萸が真赤になっておるのを見て、

余はほしくて堪らなくなった。駄菓子屋などを覗《のぞ》いて見ても茱萸を売っている処はない。道で遊《あそん》でいる小さな児が茱萸を食いながら余の方を不思議そうに見ておるなども時々あった。木曾路へ這入って贄川《にえかわ》まで来た。爰《ここ》は木曾第一の難処と聞えたる鳥井峠の麓で名物蕨餅《わらびもち》を売っておる処である。余はそこの大きな茶店に休んだ。茶店の女主人と見えるのは年頃卅ばかりで勿論眉を剃《そ》っておるがしんから色の白い女であった。この店の前に馬が一匹繋いであった。余は女主人に向いて鳥井峠へ上るのであるが馬はなかろうかと尋ねると、丁度その店に休《やすん》でいた馬が帰り馬であるという事であった。その馬士《まご》というのはまだ十三、四の子供であったが、余はこれと談判して鳥井峠頂上までの駄賃を十銭と極めた。この登路の難儀を十銭で免れたかと思うと、余は嬉しくって堪まらなかった。しかしそこらにいた男どもがその若い馬士をからかう所を聞くと、お前は十銭のただもうけをしたというようにいうて、駄賃が高過ぎるという事を暗に諷《ふう》していたらしかった。それから女主人は余に向いて蕨餅を食うかと尋ねるから、余は蕨餅は食わぬが茱萸《ぐみ》はないかと尋ねた。そうすると、その茱萸というのがわからぬので、女主人は其処らに居る男どもに相談して見たが、誰にもわからなかった。余は再び手真似《てまね》を交ぜて解剖的の説明を試みた所が、女主人は突然と、ああサンゴミか、というた。それならば内の裏にもあるから行って見ろというので、余は台所のような処を通り抜けて裏まで出て見ると、一間半ばかりの苗代茱萸が累々《るいるい》としてなって居った。これをくれるかといえば、いくらでも取れという。余が取りつつある傍へ一人の男が来て取ってくれる。女主人はわざわざ出て来て何か指図をしている。ハンケチに一杯ほど取りためたので、余はきりあげて店へ帰って来た。この代はいくらやろうかというと、代はいりませぬという。しかたがないから、少しばかりの茶代を置いて余は馬の背に跨《またが》った。女主人など丁寧に余を見送った。菅笠を被っていても木曾路ではこういう風に歓待をせられるのである。馬はヒョクリヒョクリと鳥井峠と上って行く。おとなしそうなので安心はしていたが、時々絶壁に臨んだ時にはもしや狭い路を踏み外《はず》しはしまいかと胆《きも》を冷やさぬでもなかった。余はハンケチの中から茱萸を出しながらポツリポツリと食うている。見下せば千仭《せんじん》の絶壁鳥の音も聞こえず、足下に連なる山また山南濃州に向て走る、とでもいいそうなこの壮快な景色の中を、馬一匹ヒョクリヒョクリと歩んでいる、余は馬上にあって口を紫にしているなどは、実に愉快でたまらなかった。茱萸はとうとう尽きてしまった、ハンケチは真赤に染《し》んでいる、もう鳥井峠の頂上は遠くはないようであった。

○御所柿《ごしょがき》を食いし事　明治廿八年神戸の病院を出て須磨や故郷とぶらついた末に、東京へ帰ろうとして大坂まで来たのは十月の末であったと思う。その時は腰の病のおこり始めた時で少し歩くのに困難を感じたが、奈良へ遊ぼうと思うて、病を推《お》して出掛けて行た。三日ほど奈良に滞留の間は幸に病気も強くならんので余は面白く見る事が出来た。この時は柿が盛《さかん》になっておる時で、奈良にも奈良近辺の村にも柿の林が見えて何ともいえない趣であった。柿などというものは従来詩人にも歌よみにも見離されておるもので、殊に奈良に柿を配合するというような事は思いもよらなかった事である。余はこの新たらしい配合を見つけ出して非常に嬉しかった。或夜夕飯も過ぎて後、宿屋の下女にまだ御所柿は食えまいかというと、もうありますという。余は国を出てから十年ほどの間御所柿を食った事がないので非常に恋しかったから、早速沢山持て来いと命じた。やがて下女は直径一尺五寸もありそうな錦手の大丼鉢《どんぶりばち》に山の如く柿を盛て来た。さすが柿好きの余も驚いた。それから下女は余のために庖丁を取て柿をむいでくれる様子である。余は柿も食いたいのであるがしかし暫しの間は柿をむいでいる女のややうつむいている顔にほれぼれと見とれていた。この女は年は十六、七位で、色は雪の如く白くて、目鼻立まで申分のないように出来ておる。生れは何処かと聞くと、月か瀬の者だというので余は梅の精霊でもあるまいかと思うた。やがて柿はむけた。余はそれを食うていると彼は更に他の柿をむいでいる。柿も旨い、場所もいい。余はうっとりとしているとボーンという釣鐘の音が一つ聞こえた。彼女は、オヤ初夜が鳴るというてなお柿をむきつづけている。余にはこの初夜というのが非常に珍らしく面白かったのである。あれはどこの鐘かと聞くと、東大寺の大釣鐘が初夜を打つのであるという。東大寺がこの頭の上にあるかと尋ねると、すぐ其処ですという。余が不思議そうにしていたので、女は室の外の板間に出て、其処の中障子を明けて見せた。なるほど東大寺は自分の頭の上に当ってある位である。何日の月であったか其処らの荒れたる木立の上を淋《さび》しそうに照してある。下女は更に向うを指して、大仏のお堂の後ろのおそこの処へ来て夜は鹿が鳴きますからよく聞こえます、という事であった。

蛇いちご

宮原晃一郎

林の中に行つてみると、紅のいろをした美しい蛇《へび》いちごが生《な》つてをります。

「蛇いちごを食べてはいけないよ。あれは毒ですからね。あれを食べると、体は溶けて水になつてしまひますよ。」

お母さん達《たち》はかう子供に教へます。恐しい毒な蛇いちご、みかけは大変美しくて、人の体をとかしてしまふ蛇いちご。本当にさうなんでせうか？　私《わたし》は知りません。けれどもこんな話がつたはつてをるのです。

日本のずうつと西の端《はて》の或国《あるくに》では、氏神といつて、どこの家《うち》でも、先祖代々自分だけの神様を祀《まつ》つてをります。その祭礼は十一月で、一年に一度神職《かんぬし》をよんで、神棚《かみだな》に七五三《しめ》縄を張り、御《お》燈明をつけて、祝詞《のりと》をあげて貰《もら》ひます。そして親類の者や、近所の人達を呼んで御馳走《ごちそう》を致します。子供達は甘酒や御赤飯がふるまはれるので、氏神祭りといへば、楽しいものゝ一つです。

ある時、一人の神主さんがありました。矢張りこのお祀りによばれて方々を祝詞を上げて歩いてをりました。ところが、よばれて行つた先で出す御礼は玄米一升に、一厘銭十三ときまつてをりました。至つて僅《わづ》かなものです。けれども御馳走だけはうんと出ますが、一人で一日四五軒も行くのですから、とても出された御馳走をみんな食べるわけにはいきません、といつて持つて帰ることも出来ないので、大変残念に思つてをりました。

「どうにかして、皆《みんな》でなくても、出されたものを大てい喰《た》べつちまうことはできないかしら？」

ぼんやりと考へながら、或日神主は、谷の傍《わき》の山道をうろ／＼としてゐますと、一疋《ぴき》の大蛇《だいぢや》が向うへ出てきましたので、びつくりして、そこの岩陰にかくれてをりますと、大蛇は神主のゐることを知らないものゝやうに、大きなお腹《なか》をかゝへて、だるさうにして、谷のふちの辺《あたり》を何やら捜してをりました。神主さんは恐《こは》いけれど、何をするのだらうと、不思議がつて見てをりますと、大蛇はそこにあつたものを何やら二口三口たべて谷へ下りて行きました。神主さんがそつと覗《のぞ》いてみると、大蛇は谷川に下りて行つて、水を飲んでゐるのでした。水を飲み終ると、大蛇は向うの岸に上り、大きな松樹《まつのき》に身を巻きつけ、一つじつと締めると、見る見るうちにお腹《なか》はげつそりと小さくなつて、勢よくどこかへ行つてしまひました。

神主さんは岩の陰を出て、蛇《へび》が何やら喰べたところへ行つてみますと、そこには美しい蛇いちごが、もう霜にしなびて残つてゐました。神主さんは「しめた。」と、手を拍《う》つて悦《よろこ》びました。それはかういふ話を思ひ出したからでした――

「蛇が腹一ぱいに物を食べると、蛇いちごを食べ、水を飲んで、立木に巻きつく。さうするとお腹《なか》の物はすつかりと消化《こな》れてしまふ。けれども亀《かめ》を呑《の》んだときだけにはそれがきかないさうだ。どういふわけかといふと、亀は堅い甲羅《かふら》を着てゐるから、蛇いちごもきかない。亀は呑まれる直《す》ぐ、首も手足もちゞこめてゐるが、蛇が水を呑むと、元気が出て、お腹《なか》の中で、首や手足を出して荒れまはる。蛇は苦しいから、立木にまきついて締めると、亀はその手足の爪《つめ》で、蛇のお腹《なか》をガサ／＼

引掻《ひっか》いて、とう／＼その腹を裂いて、出てしまふ。」といふ話でした。

「しめた／＼。」と、も一度神主さんは叫びました――

「この蛇いちごをもつて行かう。そして祝詞を上げてゐるうちにそれをたべては、水を飲んでをらう。さうしたら直ぐお腹があの蛇のやうにすいて、どこへいつてもありつたけの御馳走がたべられる。」

神主さんはそこらぢうを捜して、沢山蛇いちごを集めて袂《たもと》に入れて、いそ／＼と氏子の家へ行きました。


さて神主さんは神前に出て、祝詞をあげながら、

「かけまくも畏《かしこ》き……ムニヤ／＼、大神《おほがみ》の大前《おほまへ》にムニヤ／＼……。」と、ちつとづゝ蛇いちごをたべては、お水をいたゞいてゐますと成程どうも不思議にお腹《なか》がすいて来ます。そして祝詞が終る頃《ころ》にはもう飢《ひも》じくて／＼気が遠くなる程になるので、出された御馳走を、まるで餓鬼のやうにがつ／＼がぶ／＼と喰べたり、飲んだりして、

「マアこれでよろしい。」と、ほく／＼悦《よろこ》びながら、二軒三軒と廻《まは》つてあるいてゐるうち、段々と眠たくなつて来ました。

「どうしたものだらう。あんまり喰べ過ぎたせいかしら。」

神主さんはお腹《なか》のへんをさすつてみますけれど、お腹《なか》はげつそりとしてをります。寧《むし》ろ狼《おほかみ》のやう

に腹が背骨にくつゝいてをります。そしてその飢《ひも》じいことゝいつたら、何ぼたべても追ひ付きません。

「神主さんは、御病気ぢやございませんか、大層お顔がお痩《や》せになりましたが。」

或家《あるいへ》ではかう言はれました。

「いゝえ、どう致しまして。……たゞ余り遠いところを急いでまゐりましたので、お腹《なか》がすいたのです。」

神主さんは情ない声を出しました。心のうちでは——

「どうやら、これは蛇いちごが利きすぎた。」と、思つてゐますがそんなことは言はれません。

「おや、それぢや何か召上るものをさし上げませう。」

そこの家《うち》では先づ御馳走から出しましたので、神主さんはがつがつと四人分もたべて、大きなお腹《なか》をかゝへながら、やつこらせと、神前に坐《すわ》つて、ムニヤ／＼と祝詞をあげ始めました。

家《うち》の者どもは神主さんが余りに意地汚く喰べたのに驚いてをりました。

そのうちに奥の方で祝詞をあげる神主さんの声が段々と低くなつて、とう／＼しまひには聞えなくなりましたので、不思議に思つて、そこの奥さんが行つてみました。すると神棚の前には神主の坐つてゐたところに、その衣物《きもの》やら、袴《はかま》やらがあります。それもちやんと人が着てゐたまゝで、丁度その中から身体《からだ》だけを引つこ抜いて取つたやうになつてゐました。変なこともあるものだと、家《うち》の人達《ひとたち》を呼んで、捜してみても神主さんの姿はどこへ行つたか見えません。衣物や袴をといてみますと、そのあとには水が沢山溜《たま》つてをりました。そして衣物の袂から、蛇いちごが四つ五つ出てきました。そのときそこへ来合せてゐた百姓の十袈裟《とけさ》といふ男がそれを見付けて、かう申しました。

「分りました。神主さんは溶けて水になつてしまつたのです。」

「それはどういふわけです。」と、皆が聞きかへしました。

「御覧なさい。」と、十袈裟は蛇いちごをさして申しました。

「この蛇いちごを神主さんはたべたにちがひありません。私《わたし》が山の畑に行きますと、時々大きなお腹《なか》をした蛇が出て来ます。そして蛇いちごを喰べては水を飲みますと、すぐそのお腹がげつそりと減るのです。神主さんはきつと蛇がさうするところを見て、自分もお腹をすかしては、御馳走を沢山たべてやらうと、きたない心を起したにちがひありません。相憎《あひにく》と蛇がたべればお腹がへるけれど、人間がたべれば、その身体《からだ》までが溶けてしまふのです。なぜかといへば、蛇は人間を呑んだときにも、矢張り蛇いちごを喰べて、それを溶かしてしまふのですからね。」

そこの人達は成程と思つて、衣物《きもの》と袴とを使にもたせて、そのことを神主さんの家《うち》へ言つてやりました。

注文の多い料理店　宮沢賢治

二人の若い紳士《しんし》が、すっかりイギリスの兵隊のかたちをして、ぴかぴかする鉄砲《てっぽう》をかついで、白熊《しろくま》のような犬を二疋つれて、だいぶ山奥《やまおく》の、木の葉のかさかさしたとこを、こんなことを云《い》いながら、あるいておりました。

「ぜんたい、ここらの山は怪《け》しからんね。鳥も獣《けもの》も一疋も居やがらん。なんでも構わないから、早くタンタアーンと、やって見たいもんだなあ。」

「鹿《しか》の黄いろな横っ腹なんぞに、二三発お見舞《みまい》もうしたら、ずいぶん痛快だろうねえ。くるくるまわって、それからどたっと倒《たお》れるだろうねえ。」

それはだいぶの山奥でした。案内してきた専門の鉄砲打ちも、ちょっとまごついて、どこかへ行ってしまったくらいの山奥でした。

それに、あんまり山が物凄《ものすご》いので、その白熊のような犬が、二疋いっしょにめまいを起こして、しばらく吠《うな》って、それから泡《あわ》を吐《は》いて死んでしまいました。

「じつにぼくは、二千四百円の損害だ」と一人の紳士が、その犬の眼《ま》ぶたを、ちょっとかえしてみて言いました。

「ぼくは二千八百円の損害だ。」と、もひとりが、くやしそうに、あたまをまげて言いました。

はじめの紳士は、すこし顔いろを悪くして、じっと、もひとりの紳士の、顔つきを見ながら云いました。

「ぼくはもう戻《もど》ろうとおもう。」

「さあ、ぼくもちょうど寒くはなったし腹は空《す》いてきたし戻ろうとおもう。」

「そいじゃ、これで切りあげよう。なあに戻りに、昨日《きのう》の宿屋で、山鳥を拾円《じゅうえん》も買って帰ればいい。」

「兎《うさぎ》もでていたねえ。そうすれば結局おんなじこった。では帰ろうじゃないか」

ところがどうも困ったことは、どっちへ行けば戻れるのか、いっこうに見当がつかなくなっていました。

風がどうと吹《ふ》いてきて、草はざわざわ、木の葉はかさかさ、木はごとんごとんと鳴りました。

「どうも腹が空いた。さっきから横っ腹が痛くてたまらないんだ。」

「ぼくもそうだ。もうあんまりあるきたくないな。」

「あるきたくないよ。ああ困ったなあ、何かたべたいなあ。」

「喰《た》べたいもんだなあ」

二人の紳士は、ざわざわ鳴るすすきの中で、こんなことを云いました。

その時ふとうしろを見ますと、立派な一軒《いっけん》の西洋造りの家がありました。

そして玄関《げんかん》には
RESTAURANT
西洋料理店

WILDCAT HOUSE
山猫軒

という札がでていました。

「君、ちょうどいい。ここはこれでなかなか開けてるんだ。入ろうじゃないか」

「おや、こんなとこにおかしいね。しかしとにかく何か食事ができるんだろう」

「もちろんできるさ。看板にそう書いてあるじゃないか」

「はいろうじゃないか。ぼくはもう何か喰べたくて倒れそうなんだ。」

二人は玄関に立ちました。玄関は白い瀬戸《せと》の煉瓦《れんが》で組んで、実に立派なもんです。

そして硝子《がらす》の開き戸がたって、そこに金文字でこう書いてありました。

「どなたもどうかお入りください。決してご遠慮《えんりょ》はありません」

二人はそこで、ひどくよろこんで言いました。

「こいつはどうだ、やっぱり世の中はうまくできてるねえ、きょう一日なんぎしたけれど、こんどはこんないいこともある。このうちは料理店だけれどもただでご馳走《ちそう》するんだぜ。」

「どうもそうらしい。決してご遠慮はありませんというのはその意味だ。」

二人は戸を押《お》して、なかへ入りました。そこはすぐ廊下《ろうか》になっていました。その硝子戸の裏側には、金文字でこうなっていました。

「ことに肥《ふと》ったお方や若いお方は、大歓迎《だいかんげい》いたします」

二人は大歓迎というので、もう大よろこびです。

「君、ぼくらは大歓迎にあたっているのだ。」

「ぼくらは両方兼ねてるから」

ずんずん廊下を進んで行きますと、こんどは水いろのペンキ塗《ぬ》りの扉《と》がありました。

「どうも変な家《うち》だ。どうしてこんなにたくさん戸があるのだろう。」

「これはロシア式だ。寒いとこや山の中はみんなこうさ。」

そして二人はその扉をあけようとしますと、上に黄いろな字でこう書いてありました。

「当軒は注文の多い料理店ですからどうかそこはご承知ください」

「なかなかはやってるんだ。こんな山の中で。」

「それあそうだ。見たまえ、東京の大きな料理屋だって大通りにはすくないだろう」

二人は云いながら、その扉をあけました。するとその裏側に、

「注文はずいぶん多いでしょうがどうか一々こらえて下さい。」

「これはぜんたいどういうんだ。」ひとりの紳士は顔をしかめました。

「うん、これはきっと注文があまり多くて支度《したく》が手間取るけれどもごめん下さいと斯《こ》ういうことだ。」

「そうだろう。早くどこか室《へや》の中にはいりたいもんだな。」

「そしてテーブルに座《すわ》りたいもんだな。」

ところがどうもうるさいことは、また扉が一つありました。そしてそのわきに鏡がかかって、その下には長い柄《え》のついたブラシが置いてあったのです。

扉には赤い字で、

「お客さまがた、ここで髪《かみ》をきちんとして、それからはきものの泥《どろ》を落してください。」

と書いてありました。

「これはどうも尤《もっと》もだ。僕もさっき玄関で、山のなかだとおもって見くびったんだよ」

「作法の厳しい家だ。きっとよほど偉《えら》い人たちが、たびたび来るんだ。」

そこで二人は、きれいに髪をけずって、靴《くつ》の泥を落しました。

そしたら、どうです。ブラシを板の上に置くや否《いな》や、そいつがぼうっとかすんで無くなって、風がどうっと室の中に入ってきました。

二人はびっくりして、互《たがい》によりそって、扉をがたんと開けて、次の室へ入って行きました。早く何か暖いものでもたべて、元気をつけて置かないと、もう途方《とほう》もないことになってしまうと、二人とも思ったのでした。

扉の内側に、また変なことが書いてありました。

「鉄砲と弾丸《たま》をここへ置いてください。」

見るとすぐ横に黒い台がありました。

「なるほど、鉄砲を持ってものを食うという法はない。」

「いや、よほど偉いひとが始終来ているんだ。」

二人は鉄砲をはずし、帯皮を解いて、それを台の上に置きました。

また黒い扉がありました。

「どうか帽子《ぼうし》と外套《がいとう》と靴をおとり下さい。」

「どうだ、とるか。」

「仕方ない、とろう。たしかによっぽどえらいひとなんだ。奥に来ているのは」

二人は帽子とオーバーコートを釘《くぎ》にかけ、靴をぬいでぺたぺたあるいて扉の中にはいりました。

扉の裏側には、

「ネクタイピン、カフスボタン、眼鏡《めがね》、財布《さいふ》、その他金物類、

ことに尖《とが》ったものは、みんなここに置いてください」

と書いてありました。扉のすぐ横には黒塗りの立派な金庫も、ちゃんと口を開けて置いてありました。鍵《かぎ》まで添《そ》えてあったのです。

「ははあ、何かの料理に電気をつかうと見えるね。金気《かなけ》のものはあぶない。ことに尖ったものはあ

ぶないと斯《こ》う云うんだろう。」

「そうだろう。して見ると勘定《かんじょう》は帰りにここで払《はら》うのだろうか。」

「どうもそうらしい。」

「そうだ。きっと。」

二人はめがねをはずしたり、カフスボタンをとったり、みんな金庫のなかに入れて、ぱちんと錠《じょう》をかけました。

すこし行きますとまた扉《と》があって、その前に硝子《がらす》の壺《つぼ》が一つありました。扉には斯《こ》う書いてありました。


「壺のなかのクリームを顔や手足にすっかり塗ってください。」


みるとたしかに壺のなかのものは牛乳のクリームでした。

「クリームをぬれというのはどういうんだ。」

「これはね、外がひじょうに寒いだろう。室《へや》のなかがあんまり暖いとひびがきれるから、その予防なんだ。どうも奥には、よほどえらいひとがきている。こんなとこで、案外ぼくらは、貴族とちかづきになるかも知れないよ。」

二人は壺のクリームを、顔に塗って手に塗ってそれから靴下をぬいで足に塗りました。それでもまだ残っていましたから、それは二人ともめいめいこっそり顔へ塗るふりをしながら喰べました。

それから大急ぎで扉をあけますと、その裏側には、

「クリームをよく塗りましたか、耳にもよく塗りましたか、」

と書いてあって、ちいさなクリームの壺がここにも置いてありました。

「そうそう、ぼくは耳には塗らなかった。あぶなく耳にひびを切らすとこだった。ここの主人はじつに用意周到《しゅうとう》だね。」

「ああ、細かいとこまでよく気がつくよ。ところでぼくは早く何か喰べたいんだが、どうも斯うどこまでも廊下じゃ仕方ないね。」

するとすぐその前に次の戸がありました。

「料理はもうすぐできます。

十五分とお待たせはいたしません。

すぐたべられます。

早くあなたの頭に瓶《びん》の中の香水をよく振《ふ》りかけてください。」

そして戸の前には金ピカの香水の瓶が置いてありました。

二人はその香水を、頭へぱちゃぱちゃ振りかけました。

ところがその香水は、どうも酢《す》のような匂《におい》がするのでした。

「この香水はへんに酢くさい。どうしたんだろう。」

「まちがえたんだ。下女が風邪《かぜ》でも引いてまちがえて入れたんだ。」

二人は扉をあけて中にはいりました。

扉の裏側には、大きな字で斯う書いてありました。

「いろいろ注文が多くてうるさかったでしょう。お気の毒でした。

もうこれだけです。どうかからだ中に、壺の中の塩をたくさん
よくもみ込んでください。」

なるほど立派な青い瀬戸の塩壺は置いてありましたが、こんどというこんどは二人ともぎょっとしてお互にクリームをたくさん塗った顔を見合せました。

「どうもおかしいぜ。」

「ぼくもおかしいとおもう。」

「沢山《たくさん》の注文というのは、向うがこっちへ注文してるんだよ。」

「だからさ、西洋料理店というのは、ぼくの考えるところでは、西洋料理を、来た人にたべさせるのではなくて、来た人を西洋料理にして、食べてやる家《うち》とこういうことなんだ。これは、その、つ、つ、つ、つまり、ぼ、ぼ、ぼくらが……。」がたがたがたがた、ふるえだしてもうものが言えませんでした。

「その、ぼ、ぼくらが、……うわあ。」がたがたがたがたふるえだして、もうものが言えませんでした。

「遁《に》げ……。」がたがたしながら一人の紳士はうしろの戸を押《お》そうとしましたが、どうです、戸はも

う一分《いちぶ》も動きませんでした。

奥の方にはまだ一枚扉があって、大きなかぎ穴が二つつき、銀いろのホークとナイフの形が切りだしてあって、

「いや、わざわざご苦労です。

大へん結構にできました。

さあさあおなかにおはいりください。」

と書いてありました。おまけにかぎ穴からはきょろきょろ二つの青い眼玉《めだま》がこっちをのぞいています。

「うわあ。」がたがたがたがた。

「うわあ。」がたがたがたがた。

ふたりは泣き出しました。

すると戸の中では、こそこそこんなことを云っています。

「だめだよ。もう気がついたよ。塩をもみこまないようだよ。」

「あたりまえさ。親分の書きようがまずいんだ。あすこへ、いろいろ注文が多くてうるさかったでしょう、お気の毒でしたなんて、間抜《まぬ》けたことを書いたもんだ。」

「どっちでもいいよ。どうせぼくらには、骨も分けて呉《く》れやしないんだ。」

「それはそうだ。けれどももしここへあいつらがはいって来なかったら、それはぼくらの責任だぜ。」

「呼ぼうか、呼ぼう。おい、お客さん方、早くいらっしゃい。いらっしゃい。いらっしゃい。お皿《さら》も洗ってありますし、菜っ葉ももうよく塩でもんで置きました。あとはあなたがたと、菜っ葉をうまくとりあわせて、まっ白なお皿にのせるだけです。はやくいらっしゃい。」

「へい、いらっしゃい、いらっしゃい。それともサラドはお嫌《きら》いですか。そんならこれから火を起してフライにしてあげましょうか。とにかくはやくいらっしゃい。」

二人はあんまり心を痛めたために、顔がまるでくしゃくしゃの紙屑《かみくず》のようになり、お互にその顔を見合せ、ぶるぶるふるえ、声もなく泣きました。

中ではふっふっとわらってまた叫《さけ》んでいます。

「いらっしゃい、いらっしゃい。そんなに泣いては折角《せっかく》のクリームが流れるじゃありませんか。へい、ただいま。じきもってまいります。さあ、早くいらっしゃい。」

「早くいらっしゃい。親方がもうナフキンをかけて、ナイフをもって、舌なめずりして、お客さま方を待っていられます。」

二人は泣いて泣いて泣いて泣いて泣きました。

そのときうしろからいきなり、

「わん、わん、ぐゎあ。」という声がして、あの白熊《しろくま》のような犬が二疋《ひき》、扉《と》をつきやぶって室《へや》の中に飛び込んできました。鍵穴《かぎあな》の眼玉はたちまちなくなり、犬どもはううとうなってしばらく室の中をくるくる廻《まわ》っていましたが、また一声

「わん。」と高く吠《ほ》えて、いきなり次の扉に飛びつきました。戸はがたりとひらき、犬どもは吸い込まれるように飛んで行きました。

その扉の向うのまっくらやみのなかで、

「にゃあお、くゎあ、ごろごろ。」という声がして、それからがさがさ鳴りました。

室はけむりのように消え、二人は寒さにぶるぶるふるえて、草の中に立っていました。

見ると、上着や靴《くつ》や財布《さいふ》やネクタイピンは、あっちの枝《えだ》にぶらさがったり、こっちの根もとにちらばったりしています。風がどうと吹《ふ》いてきて、草はざわざわ、木の葉はかさかさ、木はごとんごとんと鳴りました。

犬がふうとうなって戻《もど》ってきました。

そしてうしろからは、

「旦那《だんな》あ、旦那あ、」と叫ぶものがあります。

二人は俄《にわ》かに元気がついて

「おおい、おおい、ここだぞ、早く来い。」と叫びました。

簑帽子《みのぼうし》をかぶった専門の猟師《りょうし》が、草をざわざわ分けてやってきました。

そこで二人はやっと安心しました。

そして猟師のもってきた団子《だんご》をたべ、途中《とちゅう》で十円だけ山鳥を買って東京に帰りました。

しかし、さっき一ぺん紙くずのようになった二人の顔だけは、東京に帰っても、お湯にはいっても、もうもとのとおりになおりませんでした。

眉かくしの霊

泉鏡花

そば酒庵
栃木屋
ば酒庵

一

木曾街道《きそかいどう》、奈良井《ならい》の駅は、中央線起点、飯田町《いいだまち》より一五八哩《マイル》二、海抜三二〇〇尺、と言い出すより、膝栗毛《ひざくりげ》を思う方が手っ取り早く行旅の情を催させる。

ここは弥次郎兵衛《やじろべえ》、喜多八《きだはち》が、とぼとぼと鳥居峠《とりいとうげ》を越すと、日も西の山の端《は》に傾きければ、両側の旅籠屋《はたごや》より、女ども立ち出《い》でて、もしもしお泊まりじゃござんしないか、お風呂《ふろ》も湧《わ》いていずに、お泊まりなお泊まりな――喜多八が、まだ少し早いけれど……弥次郎、もう泊まってもよかろう、のう姐《ねえ》さん――女、お泊まりなさんし、お夜食はお飯《まんま》でも、蕎麦《そば》でも、お蕎麦でよかあ、おはたご安くして上げませず。弥次郎、いかさま、安い方がいい、蕎麦でいくらだ。女、はい、お蕎麦なら百十六銭《もん》でござんさあ。二人は旅銀の乏しさに、そんならそうときめて泊まって、湯から上がると、その約束の蕎麦が出る。さっそくにくいかかって、喜多八、こっちの方では蕎麦はいいが、したじが悪いにはあやまる。弥次郎、そのかわりにお給仕がうつくしいからいい、のう姐さん、と洒落《しゃれ》かかって、もう一杯くんねえ。女、もうお蕎麦はそれぎりでござんさあ。弥次郎、なに、もうねえのか、たった二ぜんずつ食ったものを、つまらねえ、これじゃあ食いたりねえ。喜多八、はたごが安いも凄《すさ》まじい。二はいばかり食っていられるものか。弥次郎……馬鹿なつらな、銭は出すから飯をくんねえ。……無慙《むざん》や、なけなしの懐中《ふところ》を、けっく蕎麦だけ余計につかわされて悄気《しょげ》返る。その夜、故郷の江戸お箪笥町《たんすまち》引出し横町、取手屋《とってや》の鐶兵衛《かんべえ》とて、工面のいい馴染《なじみ》に逢《あ》って、ふもとの山寺に詣《もう》でて鹿《しか》の鳴き声を聞いた処《ところ》……

……と思うと、ふとここで泊まりたくなった。停車場《ステエション》を、もう汽車が出ようとする間際《まぎわ》だったと言うのである。

この、筆者の友、境賛吉《さかいさんきち》は、実は蔦《つた》かずら木曾《きそ》の桟橋《かけはし》、寝覚《ねざめ》の床《とこ》などを見物のつもりで、上松《あげまつ》までの切符を持っていた。霜月の半ばであった。

「……しかも、その（蕎麦二膳《ぜん》）には不思議な縁がありましたよ……」

と、境が話した。

昨夜は松本で一泊した。御存じの通り、この線の汽車は塩尻《しおじり》から分岐点《のりかえ》で、東京から上松へ行くものが松本で泊まったのは妙である。もっとも、松本へ用があって立ち寄ったのだと言えば、それまででざっと済む。が、それだと、しめくくりが緩《ゆる》んでちと辻褄《つじつま》が合わない。何も穿鑿《せんさく》をするのではないけれど、実は日数の少ないのに、汽車の遊びを貪《むさぼ》った旅行《たび》で、行途《ゆき》は上野から高崎、妙義山を見つつ、横川、熊《くま》の平《たいら》、浅間を眺め、軽井沢、追分をすぎ、篠《しの》の井《い》線に乗り替えて、姨捨田毎《おばすてたごと》を窓から覗《のぞ》いて、泊りはそこで松本が予定であった。その松本には「いい娘の居る旅館があります。懇意ですから御紹介をしましょう」と、名のきこえた画家が添え手紙をしてくれた。……よせばいいのに、昨夜その旅館につくと、なるほど、帳場にはそれらしい束髪の女が一人見えたが、座敷へ案内したのは無論女中で。……さてその紹介状を渡したけれども、娘なんぞ寄っても着かない、……ばかりでない。この霜夜に、出しがらの生温《なまぬる》い渋茶一杯汲《く》んだきりで、お夜食ともお飯《まんま》とも言い出さぬ。座敷は立派で卓は紫檀《したん》だ。火鉢《ひばち》は大きい。が火の気はぽっちり。で、灰の白いのにしがみついて、何しろ暖かいものでお銚子《ちょうし》をと云《い》うと、板前で火を引いてしまいました、なんにも出来ませんと、女中《ねえさん》の素気《そっけ》なさ。寒さは寒し、なるほど、火を引いたような、家中寂寞《ひっそり》とはしていたが、まだ十一時前である……酒だけなりと、頼むと、おあいにく。酒はないのか、ござりません。――じゃ、麦酒《ビイル》でも。それもお気の毒様だと言う。姐《ねえ》さん……、境は少々居直って、どこか近所から取り寄せてもらえまいか。へいもう遅うございますで、飲食店は寝ましたでな……飲食店だと言やあがる。はてな、停車場《ステエション》から、震えながら俥《くるま》でくる途中、ついこの近まわりに、冷たい音して、川が流れて、橋がかかって、両側に遊廓《ゆうかく》らしい家が並んで、茶めしの赤い行燈《あんどん》もふわりと目の前にちらつくのに――ああ、こうと知ったら軽井沢で買った二合罎《びん》を、次郎どのの狗《いぬ》ではないが、皆なめてしまうのではなかったものを。大歎息《おおためいき》とともに空《す》き腹《ばら》をぐうと鳴らして可哀《あわれ》な声で、姐さん、そうすると、酒もなし、麦酒もなし、肴《さかな》もなし……お飯《まんま》は。いえさ、今晩の旅籠《はたご》の飯は。へい、それが間に合いませんので……火を引いたあとなもんでなあ――何の怨《うら》みか知らないが、こうなると冷遇を通り越して奇怪《きっかい》である。なまじ紹介状があるだけに、喧嘩面《けんかづら》で、宿を替えるとも言われない。前世《ぜんせ》の業《ごう》と断念《あきら》めて、せめて近所で、蕎麦《そば》か饂飩《うどん》の御都合はなるまいか、と恐る恐る申し出ると、饂飩なら聞いてみましょう。ああ、それを二ぜん頼みます。女中は遁《に》げ腰《ごし》のもったて尻《じり》で、敷居へ半分だけ突き込んでいた膝《ひざ》を、ぬいと引っこ抜いて不精《ぶしょう》に出て行く。

待つことしばらくして、盆で突き出したやつを見ると、丼《どんぶり》がたった一つ。腹の空《す》いた悲しさに、姐さん二ぜんと頼んだのだが。と詰《なじ》るように言うと、へい、二ぜん分、装《も》り込んでございますで。いや、相わかりました。どうぞおかまいなく、お引き取りを、と言うまでもなし……ついと尻を見せて、すたすたと廊下を行くのを、継児《ままっこ》のような目つきで見ながら、抱き込むばかりに蓋《ふた》を取ると、なるほど、二ぜんもり込みだけに汁《したじ》がぽっちり、饂飩は白く乾いていた。

この旅館が、秋葉山《あきばさん》三尺坊が、飯綱《いいづな》権現へ、客を、たちものにしたところへ打撞《ぶつか》ったのであろう、泣くより笑いだ。

その……饂飩二ぜんの昨夜《ゆうべ》を、むかし弥次郎、喜多八が、夕旅籠《ゆうはたご》の蕎麦二ぜんに思い較《くら》べた。いささか仰山だが、不思議の縁というのはこれで——急に奈良井へ泊まってみたくなったのである。

日あしも木曾の山の端《は》に傾いた。宿《しゅく》には一時雨《ひとしぐれ》さっとかかった。

雨ぐらいの用意はしている。駅前の俥は便《たよ》らないで、洋傘《かさ》で寂しく凌《しの》いで、鴨居《かもい》の暗い檐《のき》づたいに、石ころ路《みち》を辿《たど》りながら、度胸は据《す》えたぞ。——持って来い、蕎麦二膳。で、昨夜の饂飩は暗討《やみう》ちだ——今宵《こよい》の蕎麦は望むところだ。——旅のあわれを味わおうと、硝子《ガラス》張りの旅館一二軒を、わざと避けて、軒に山駕籠《やまかご》と干菜《ひば》を釣《つ》るし、土間の竈《かまど》で、割木《わりぎ》の火を焚《た》く、侘《わび》しそうな旅籠屋を烏《からす》のように覗《のぞ》き込み、黒き外套《がいとう》で、御免と、入ると、頬冠《ほおかぶ》りをした親父《おやじ》がその竈の下を焚いている。框《かまち》がだだ広く、炉が大きく、煤《すす》けた天井に八間行燈《はちけん》の掛かったのは、山駕籠と対《つい》の註文《ちゅうもん》通り。階子下《はしごした》の暗い帳場に、坊主頭の番頭は面白い。

「いらっせえ。」

蕎麦二膳、蕎麦二膳と、境が覚悟の目の前へ、身軽にひょいと出て、慇懃《いんぎん》に会釈《えしゃく》をされたのは、焼麩《やきふ》だと思う（しっぽく）の加料《かやく》が蒲鉾《かまぼこ》だったような気がした。

「お客様だよ――鶴《つる》の三番。」

女中も、服装《みなり》は木綿《もめん》だが、前垂《まえだれ》がけのさっぱりした、年紀《とし》の少《わか》い色白なのが、窓、欄干を覗く、松の中を、攀《よ》じ上るように三階へ案内した。――十畳敷。……柱も天井も丈夫造りで、床の間の誂《あつら》えにもいささかの厭味《いやみ》がない、玄関つきとは似もつかない、しっかりした屋台である。

敷蒲団《しきぶとん》の綿も暖かに、熊《くま》の皮の見事なのが敷いてあるは。ははあ、膝栗毛時代に、峠路《とうげじ》で売っていた、猿《さる》の腹ごもり、大蛇《おろち》の肝、獣の皮というのはこれだ、と滑稽《おどけ》た殿様になって件《くだん》の熊の皮に着座に及ぶと、すぐに台十能《だいじゅう》へ火を入れて女中《ねえ》さんが上がって来て、惜し気もなく銅《あか》の大火鉢《おおひばち》へ打《ぶ》ちまけたが、またおびただしい。青い火さきが、堅炭を搦《から》んで、真赤に烘《おこ》って、窓に沁《し》み入る山颪《やまおろし》はさっと冴《さ》える。三階にこの火の勢いは、大地震のあとでは、ちと申すのも憚《はばか》りあるばかりである。

湯にも入った。

さて膳だが、——蝶脚《ちょうあし》の上を見ると、蕎麦扱いにしたは気恥ずかしい。わらさの照焼はとにかくとして、ふっと煙の立つ厚焼の玉子に、椀《わん》が真白な半ぺんの葛《くず》かけ。皿《さら》についたのは、このあたりで佳品《かひん》と聞く、鶫《つぐみ》を、何と、頭《かしら》を猪口《ちょく》に、股《また》をふっくり、胸を開いて、五羽、ほとんど丸焼にして芳《かんば》しくつけてあった。

「ありがたい、……実にありがたい。」

境は、その女中に馴《な》れない手つきの、それも嬉《うれ》しい……酌《しゃく》をしてもらいながら、熊に乗って、仙人《せんにん》の御馳走《ごちそう》になるように、慇懃《いんぎん》に礼を言った。

「これは大した御馳走ですな。……実にありがたい……全く礼を言いたいなあ。」

心底《しんそこ》のことである。はぐらかすとは様子にも見えないから、若い女中もかけ引きなしに、

「旦那《だんな》さん、お気に入りまして嬉しゅうございますわ。さあ、もうお一つ。」

「頂戴《ちょうだい》しよう。なお重ねて頂戴しよう。——時に姐《ねえ》さん、この上のお願いだがね、……どうだろう、この鶫《つぐみ》を別に貰《もら》って、ここへ鍋《なべ》に掛けて、煮ながら食べるというわけには行くまいか。——鶫はまだいくらもあるかい。」

「ええ、笊《ざる》に三杯もございます。まだ台所の柱にも束にしてかかっております。」

「そいつは豪気《ごうぎ》だ。——少し余分に貰いたい、ここで煮るように……いいかい。」

「はい、そう申します。」

「ついでにお銚子《ちょうし》を。火がいいから傍《そば》へ置くだけでも冷めはしない。……通いが遠くって気の毒だ。三本ばかり一時《いちどき》に持っておいで。……どうだい。岩見重太郎が註文《ちゅうもん》をするようだろう。」

「おほほ。」

　今朝、松本で、顔を洗った水瓶《みずがめ》の水とともに、胸が氷に鎖《とざ》されたから、何の考えもつかなかった。ここで暖かに心が解けると、……分かった、饂飩《うどん》で虐待した理由《わけ》というのが――紹介状をつけた画伯は、近頃でこそ一家をなしたが、若くて放浪した時代に信州路《しんしゅうじ》を経歴《へめぐ》って、その旅館には五月《いつつき》あまりも閉じ籠《こ》もった。滞《とどこお》る旅籠代《はたごだい》の催促もせず、帰途《かえり》には草鞋銭《わらじせん》まで心着けた深切な家《うち》だと言った。が、ああ、それだ。……おなじ人の紹介だから旅籠代を滞らして、草鞋銭を貰うのだと思ったに違いない。……

「ええ、これは、お客様、お麁末《そまつ》なことでして。」

　と紺の鯉口《こいぐち》に、おなじ幅広の前掛けした、痩《や》せた、色のやや青黒い、陰気だが律儀《りちぎ》らしい、まだ三十六七ぐらいな、五分刈りの男が丁寧に襖際《ふすまぎわ》に畏《かしこ》まった。

「どういたして、……まことに御馳走様。……番頭さんですか。」

「いえ、当家の料理人にございますが、至って不束《ふつつか》でございまして。……それに、かような山家辺鄙《やまがへんぴ》で、一向お口に合いますものもございませんで。」

「とんでもないこと。」

「つきまして、……ただいま、女どもまでおっしゃりつけでございましたが、鶫を、貴方様《あなたさま》、何か鍋でめしあがりたいというお言《ことば》で、いかようにいたして差し上げましょうやら、右、女どももやっぱり田舎《いなか》もののことでございますで、よくお言がのみ込めかねます。ゆえに失礼ではございますが、ちょいとお伺いに出ましてございますが。」

境は少なからず面くらった。

「そいつはどうも恐縮です。——遠方のところを。」

とうっかり言った。……

「串戯《じょうだん》のようですが、全く三階まで。」

「どう仕《つかまつ》りまして。」

「まあ、こちらへ——お忙しいんですか。」

「いえ、お膳《ぜん》は、もう差し上げました。それが、お客様も、貴方様のほか、お二組ぐらいよりございません。」

「では、まあこちらへ。——さあ、ずっと。」

「はッ、どうも。」

「失礼をするかも知れないが、まあ、一杯《ひとつ》。ああ、——ちょうどお銚子が来た。女中《ねえ》さん、お酌をしてあげて下さい。」

「は、いえ、手前不調法で。」

「まあまあ一杯《ひとつ》。——弱ったな、どうも、鶫《つぐみ》を鍋でと言って、……その何ですよ。」

「旦那様、帳場でも、あの、そう申しておりますの。鶫は焼いてめしあがるのが一番おいしいんでございますって。」

「お膳にもつけて差し上げましたが、これを頭から、その脳味噌《のうみそ》をするりとな、ひと噛《かじ》りにめしあがりますのが、おいしいんでございまして、ええとんだ田舎流儀ではございますがな。」

「お料理番さん……私は決して、料理をとやこう言うたのではないのですよ。……弱ったな、どうも。実はね、あるその宴会の席で、その席に居た芸妓《げいしゃ》が、木曾の鶫の話をしたんです——大分酒が乱れて来て、何とか節というのが、あっちこっちではじまると、木曾節というのがこの時顕《あら》われて、——きいても可懐《なつか》しい土地だから、うろ覚えに覚えているが、(木曾へ木曾へと積み出す米は)何とかっていうのでね……」

「さようで。」

　と真四角に猪口《ちょく》をおくと、二つ提《さ》げの煙草《たばこ》入れから、吸いかけた煙管《きせる》を、金《かね》の火鉢《ひばち》だ、遠慮なくコッツンと敲《たた》いて、

「……(伊那《いな》や高遠《たかと》の余り米)……と言うでございます、米、この女中の名でございます、お米《よね》。」

「あら、何だよ、伊作《いさく》さん。」

と女中が横にらみに笑って睨《にら》んで、

「旦那さん、――この人は、家《うち》が伊那だもんでございますから。」

「はあ、勝頼《かつより》様と同国ですな。」

「まあ、勝頼様は、こんな男ぶりじゃありませんが。」

「当り前よ。」

とむッつりした料理番は、苦笑いもせず、またコッツンと煙管を払《はた》く。

「それだもんですから、伊那の贔屓《ひいき》をしますの――木曾で唄《うた》うのは違いますが。――(伊那や高遠へ積み出す米は、みんな木曾《きそ》路《じ》の余り米)――と言いますの。」

「さあ……それはどっちにしろ……その木曾へ、木曾へのきっかけに出た話なんですから、私たちも酔ってはいるし、それがあとの贄川《にえがわ》だか、峠を越した先の藪原《やぶはら》、福島、上松《あげまつ》のあたりだか、よくは訊《き》かなかったけれども、その芸妓《げいしゃ》が、客と一所に、鶫あみを掛けに木曾へ行ったという話をしたんです。……まだ夜《よ》の暗いうちに山道をずんずん上って、案内者の指揮《さしず》の場所で、かすみを張って囮《おとり》を揚げると、夜明け前、霧のしらじらに、向うの尾上《おのえ》を、ぱっとこちらの山の端《は》へ渡る鶫の群れが、むらむらと来て、羽ばたきをして、かすみに掛かる。じわじわととって占めて、すぐに焚火《たきび》で附け焼きにして、膏《あぶら》の熱いところを、ちゅッと吸って食べるんだが、そのおいしいこと、……と言って、話をしてね……」

「はあ、まったくで。」

「……ぶるぶる寒いから、煮燗《にえかん》で、一杯のみながら、息もつかずに、幾口か鶫を噛《かじ》って、ああ、おいしいと一息して、焚火にしがみついたのが、すっと立つと、案内についた土地の猟師が二人、きゃッと言った——その何なんですよ、芸妓の口が血だらけになっていたんだとさ。生々《なまなま》とした半熟の小鳥の血です。……とこの話をしながら、うっかりしたようにその芸妓は手巾《ハンケチ》で口を圧《おさ》えたんですがね……たらたらと赤いやつが沁《し》みそうで、私は顔を見ましたよ。触《さわ》ると撓《しな》いそうな痩《や》せぎすな、すらりとした、若い女で。……聞いてもうまそうだが、これは凄《すご》かったろう、その時、東京で想像しても、嶮《けわ》しいとも、高いとも、深いとも、峰谷の重なり合った木曾山中のしらしらあけです……暗い裾《すそ》に焚火を搦《から》めて、すっくりと立ち上がったという、自然、目の下の峰よりも高い処《ところ》で、霧の中から綺麗《きれい》な首が。」

「いや、旦那《だんな》さん。」

「話は拙《まず》くっても、何となく不気味だね。その口が血だらけなんだ。」

「いや、いかにも。」

「ああ、よく無事だったな、と私が言うと、どうして？　と訊くから、そういうのが、慌《あわ》てる銃猟家だの、魔のさした猟師に、峰越しの笹原《ささはら》から狙《ねら》い撃ちに二つ弾丸《だま》を食らうんです。……場所と言い……時刻と言い……昔から、夜待ち、あけ方の鳥あみには、魔がさして、怪しいことがあると言うが、まったくそれは魔がさしたんだ。だって、覿面《てきめん》に綺麗な鬼になったじゃあないか。……どうせそうよ、……私は鬼よ。——でも人に食われる方の……なぞと言いながら、でも可恐《こわ》いわね、ぞっとする。と、また口を手巾で圧えていたのさ。」

「ふーん。」と料理番は、我を忘れて沈んだ声して、

「ええ。旦那、へい、どうも、いや、全く。——実際、危のうございますな。——そういう場合には、きっと怪我《けが》があるんでして……よく、その姐《ねえ》さんは御無事でした。この贄川の川上、御嶽口《おんたけぐち》。美濃《みの》寄りの峡《かい》は、よけいに取れますが、その方《かた》の場所はどこでございますか存じません——芸妓衆《げいしゃしゅう》は東京のどちらの方《かた》で。」

「なに、下町の方ですがね。」

「柳橋……」

と言って、覗《のぞ》くように、じっと見た。

「……あるいはその新橋とか申します……」

「いや、その真中ほどです……日本橋の方だけれど、宴会の席ばかりでの話ですよ。」

「お処が分かって差支《さしつか》えがございませんければ、参考のために、その場所を伺っておきたいくらいでございまして。……この、深山幽谷のことは、人間の智慧《ちえ》には及びません——」

女中も俯向《うつむ》いて暗い顔した。

境は、この場合誰もしよう、乗り出しながら、

「何か、この辺に変わったことでも。」

「……別にその、と云ってございません。しかし、流れに瀬がございますように、山にも淵《ふち》がございますで、気をつけなければなりません。——ただいまさしあげました鶫《つぐみ》は、これは、つい一両日続きまして、珍しく上の峠口《とうげぐち》で猟があったのでございます。」

「さあ、それなんですよ。」

境はあらためて猪口《ちょく》をうけつつ、

「料理番さん。きみのお手際《てぎわ》で膳《ぜん》につけておくんなすったのが、見てもうまそうに、香《かんば》しく、脂《あぶら》の垂れそうなので、ふと思い出したのは、今の芸妓《げいしゃ》の口が血の一件でね。しかし私は坊さんでも、精進でも、何でもありません。望んでも結構なんだけれど、見たまえ。——窓の外は雨と、もみじで、霧が山を織っている。峰の中には、雪を頂いて、雲を貫いて聳《そび》えたのが見えるんです。——どんな拍子かで、ひょいと立ちでもした時口が血になって首が上へ出ると……野郎でこの面《つら》だから、その芸妓のような、凄《すご》く美しく、山の神の化身《けしん》のようには見えまいがね。落ち残った柿《かき》だと思って、窓の外から烏《からす》が突つかないとも限らない、……ふと変な気がしたものだから。」

「お米さん——電燈《でんき》がなぜか、遅いでないか。」

料理番が沈んだ声で言った。

時雨《しぐれ》は晴れつつ、木曾の山々に暮が迫った。奈良井川《ならいがわ》の瀬が響く。

二

「何だい、どうしたんです。」

「ああ、旦那。」と暗夜《やみよ》の庭の雪の中で。

「鷺《さぎ》が来て、魚《うお》を狙《ねら》うんでございます。」

すぐ窓の外、間近だが、池の水を渡るような料理番——その伊作の声がする。

「人間《ひと》が落ちたか、獺《かわうそ》でも駈《か》け廻《まわ》るのかと思った、えらい音で驚いたよ。」

これは、その翌日の晩、おなじ旅店《はたごや》の、下《した》座敷でのことであった。……


境は奈良井宿に逗留《とうりゅう》した。ここに積もった雪が、朝から降り出したためではない。別にこのあたりを見物するためでもなかった。……昨夜は、あれから——鶫を鍋《なべ》でと誂《あつら》えたのは、しゃも、かしわをするように、膳《ぜん》のわきで火鉢《ひばち》へ掛けて煮るだけのこと、と言ったのを、料理番が心得て、そのぶつ切りを、皿に山もり。目笊《めざる》に一杯、葱《ねぎ》のざくざくを添えて、醤油《しょうゆ》も砂糖も、むきだしに担《かつ》ぎあげた。お米が烈々と炭を継ぐ。

越《こし》の方だが、境の故郷いまわりでは、季節になると、この鶫を珍重すること一通りでない。料理屋が鶫御料理《おんりょうり》、じぶ、おこのみなどという立看板を軒に掲げる。鶫うどん、鶫蕎麦と蕎麦屋までが貼紙《びら》を張る。ただし安価《やす》くない。何の椀《わん》、どの鉢《はち》に使っても、おん羹《あつもの》、おん小蓋《こぶた》の見識で。ぽっちり三臠《みきれ》、五臠《いつきれ》よりは附けないのに、葱と一所《ひとつ》に打《ぶ》ち覆《ま》けて、鍋からもりこぼれるような湯気を、天井へ立てたは嬉《うれ》しい。

あまっさえ熱燗《あつかん》で、熊《くま》の皮に胡坐《あぐら》で居た。

芸妓《げいしゃ》の化けものが、山賊にかわったのである。

寝る時には、厚衾《あつぶすま》に、この熊《くま》の皮が上へ被《かぶ》さって、袖《そで》を包み、蔽《おお》い、裾《すそ》を包んだのも面白い。あくる日、雪になろうとてか、夜嵐《よあらし》の、じんと身に浸《し》むのも、木曾川の瀬の凄《すご》いのも、ものの数ともせず、酒の血と、獣の皮とで、ほかほかして三階にぐっすり寝込んだ。

次第であるから、朝は朝飯から、ふっふっと吹いて啜《すす》るような豆腐の汁《しる》も気に入った。

一昨日《いっさくじつ》の旅館の朝はどうだろう。……溝《どぶ》の上澄みのような冷たい汁に、おん羹ほどに蜆《しじみ》が泳いで、生煮えの臭さといったらなかった。……

山も、空も氷を透《とお》すごとく澄みきって、松の葉、枯木の閃《きらめ》くばかり、晃々《きらきら》と陽《ひ》がさしつつ、それで、ちらちらと白いものが飛んで、奥山に、熊が人立《じんりつ》して、針を噴《ふ》くような雪であった。

朝飯《あさ》が済んでしばらくすると、境はしくしくと腹が疼《いた》みだした。——しばらくして、二三度はばかりへ通った。

あの、饂飩《うどん》の祟《たた》りである。鶫を過食したためでは断じてない。二ぜん分を籠《こ》みにした生がえりのうどん粉の中毒《あた》らない法はない。お腹《なか》を圧《おさ》えて、饂飩を思うと、思う下からチクチクと筋が動いて痛み出す。――もっとも、戸外《そと》は日当りに針が飛んでいようが、少々腹が痛もうが、我慢して、汽車に乗れないという容体《ようだい》ではなかったので。……ただ、誰も知らない。この宿の居心のいいのにつけて、どこかへのつらあてにと、逗留《とうりゅう》する気になったのである。

ところで座敷だが――その二度めだったか、厠《かわや》のかえりに、わが座敷へ入ろうとして、三階の欄干《てすり》から、ふと二階を覗《のぞ》くと、階子段《はしごだん》の下に、開けた障子に、箒《ほうき》とはたきを立て掛けた、中の小座敷に炬燵《こたつ》があって、床の間が見通される。……床に行李《こうり》と二つばかり重ねた、あせた萌葱《もえぎ》の風呂敷《ふろしき》づつみの、真田紐《さなだひも》で中結わえをしたのがあって、旅商人《たびあきんど》と見える中年の男が、ずッぷり床を背負《しょ》って当たっていると、向い合いに、一人の、中年増《ちゅうどしま》の女中がちょいと浮腰で、膝《ひざ》をついて、手さきだけ炬燵に入れて、少し仰向くようにして、旅商人と話をしている。

なつかしい浮世の状《さま》を、山の崖《がけ》から掘り出して、旅宿《やど》に嵌《は》めたように見えた。

座敷は熊の皮である。境は、ふと奥山へ棄《す》てられたように、里心が着いた。

一昨日《おととい》松本で城を見て、天守に上って、その五層《いつつ》めの朝霜の高層に立って、ぞっとしたような、雲に連なる、山々のひしと再び窓に来て、身に迫るのを覚えもした。バスケットに、等閑《なおざり》に絡《から》めたままの、城あとの崩《くず》れ堀《ぼり》の苔《こけ》むす石垣《いしがき》を這《は》って枯れ残った小さな蔦《つた》の紅《くれない》の、鶫《つぐみ》の血のしたたるごときのを見るにつけても。……急に寂しい。——「お米さん、下階《した》に座敷はあるまいか。——炬燵に入ってぐっすりと寝たいんだ。」

二階の部屋々々は、時ならず商人衆《あきんどしゅう》の出入《ではい》りがあるからと、望むところの下座敷、おも屋から、土間を長々と板を渡って離れ座敷のような十畳へ導かれたのであった。

肱掛窓《ひじかけまど》の外が、すぐ庭で、池がある。

白雪の飛ぶ中に、緋鯉《ひごい》の背、真鯉の鰭《ひれ》の紫は美しい。梅も松もあしらったが、大方は樫槻《かしけやき》の大木である。朴《ほお》の樹《き》の二抱えばかりなのさえすっくと立つ。が、いずれも葉を振るって、素裸《すはだか》の山神《さんじん》のごとき装いだったことは言うまでもない。

午後三時ごろであったろう。枝に梢《こずえ》に、雪の咲くのを、炬燵で斜違《はすか》いに、くの字になって——いい婦《おんな》だとお目に掛けたい。

肱掛窓を覗《のぞ》くと、池の向うの椿《つばき》の下に料理番が立って、つくねんと腕組して、じっと水を瞻《みまも》るのが見えた。例の紺の筒袖《つつッぽ》に、尻《しり》からすぽんと巻いた前垂《まえだれ》で、雪の凌《しの》ぎに鳥打帽を被《かぶ》ったのは、いやしくも料理番が水中の鯉を覗くとは見えない。大きな鷭《ばん》が沼の鰌《どじょう》を狙《ねら》っている形である。山も峰も、雲深くその空を取り囲む。

境は山間の旅情を解した。「料理番さん、晩の御馳走《ごちそう》に、その鯉を切るのかね。」「へへ。」と薄暗い顔を上げてニヤリと笑いながら、鳥打帽を取ってお時儀をして、また被り直すと、そのままごそごそと樹《き》を潜《くぐ》って廂《ひさし》に隠れる。

帳場は遠し、あとは雪がやや繁《しげ》くなった。

同時に、さらさらさらさらと水の音が響いて聞こえる。「――また誰か洗面所の口金を開け放したな。」これがまた二度めで。……今朝三階の座敷を、ここへ取り替えない前に、ちと遠いが、手水《ちょうず》を取るのに清潔《きれい》だからと女中が案内をするから、この離座敷《はなれ》に近い洗面所に来ると、三カ所、水道口《みずぐち》があるのにそのどれを捻《ひね》っても水が出ない。さほどの寒さとは思えないが凍《い》てたのかと思って、谺《こだま》のように高く手を鳴らして女中に言うと、「あれ、汲《く》み込《こ》みます。」と駈《か》け出して行くと、やがて、スッと水が出た。――座敷を取り替えたあとで、はばかりに行くと、ほかに手水鉢《ちょうずばち》がないから、洗面所の一つを捻《ひね》ったが、その時はほんのたらたらと滴《したた》って、辛《かろ》うじて用が足りた。

しばらくすると、しきりに洗面所の方で水音がする。炬燵《こたつ》から潜《もぐ》り出て、土間へ下りて橋がかりからそこを覗《のぞ》くと、三ツの水道口《みずぐち》、残らず三条《みすじ》の水が一齊《いちどき》にざっと灌《そそ》いで、徒《いたず》らに流れていた。たしない水らしいのに、と一つ一つ、丁寧にしめて座敷へ戻った。が、その時も料理番が池のへりの、同じ処《ところ》につくねんと彳《たたず》んでいたのである。くどいようだが、料理番の池に立ったのは、これで二度めだ。……朝のは十時ごろであったろう。トその時料理番が引っ込むと、やがて洗面所の水が、再び高く響いた。

またしても三条の水道が、残らず開け放しに流れている。おなじこと、たしない水である。あとで手を洗おうとする時は、きっと涸《か》れるのだからと、またしても口金をしめておいたが。——いま、午後の三時ごろ、この時も、さらにその水の音が聞こえ出したのである。庭の外には小川も流れる。奈良井川の瀬も響く。木曾へ来て、水の音を気にするのは、船に乗って波を見まいとするようなものである。望みこそすれ、嫌《きら》いも避けもしないのだけれど、不思議に洗面所の開け放しばかり気になった。

境はまた廊下へ出た。果して、三条とも揃《そろ》って——しょろしょろと流れている。「旦那《だんな》さん、お風呂《ふろ》ですか。」手拭《てぬぐい》を持っていたのを見て、ここへ火を直しに、台十能《じゅうのう》を持って来かかった、お米が声を掛けた。「いや——しかし、もう入れるかい。」「じきでございます。……今日はこの新館のが湧《わ》きますから。」なるほど、雪の降りしきるなかに、ほんのりと湯の香が通う。洗面所の傍《わき》の西洋扉《せいようど》が湯殿らしい。この窓からも見える。新しく建て増した柱立てのまま、筵《むしろ》がこいにしたのもあり、足場を組んだ処《ところ》があり、材木を積んだ納屋《なや》もある。が、荒れた厩《うまや》のようになって、落葉に埋《う》もれた、一帯、脇本陣《わきほんじん》とでも言いそうな旧家が、いつか世が成金とか言った時代の景気につれて、桑《くわ》も蚕《かいこ》も当たったであろう、このあたりも火の燃えるような勢いに乗じて、贄川《にえがわ》はその昔は、煮え川にして、温泉《いでゆ》の湧いた処だなぞと、ここが温泉にでもなりそうな意気込みで、新館建増しにかかったのを、この一座敷と、湯殿ばかりで、そのまま沙汰《さた》やみになったことなど、あとで分《わ》かった。

「女中《ねえ》さんかい、その水を流すのは。」閉めたばかりの水道の栓《せん》を、女中が立ちながら一つずつ開けるのを視《み》て、たまらず詰《なじ》るように言ったが、ついでにこの仔細《しさい》も分かった。……池は、樹《き》の根に樋《とい》を伏せて裏の川から引くのだが、一年に一二度ずつ水涸《みずが》れがあって、池の水が干《ひ》ようとする。鯉《こい》も鮒《ふな》も、一処《ひとところ》へ固まって、泡《あわ》を立てて弱るので、台所の大桶《おおおけ》へ汲《く》み込んだ井戸の水を、はるばるとこの洗面所へ送って、橋がかりの下を潜《くぐ》らして、池へ流し込むのだそうであった。

　木曾道中の新版を二三種ばかり、枕《まくら》もとに散らした炬燵へ、ずぶずぶと潜《もぐ》って、「お米さん、……折り入って、お前さんに頼みがある。」と言いかけて、初々《ういうい》しくちょっと俯向《うつむ》くのを見ると、猛然として、喜多八を思い起こして、わが境は一人で笑った。「ははは、心配なことではないよ。――おかげで腹あんばいも至ってよくなったし、……午飯《ひる》を抜いたから、晩には入り合せにかつ食い、大いに飲むとするんだが、いまね、伊作さんが渋苦い顔をして池を睨《にら》んで行きました。どうも、鯉のふとり工合《ぐあい》を鑑定《めきき》したものらしい……きっと今晩の御馳走《ごちそう》だと思うんだ。――昨夜《ゆうべ》の鶫《つぐみ》じゃないけれど、どうも縁あって池の前に越して来て、鯉と隣附き合いになってみると、目の前から引き上げられて、俎《まないた》で輪切りは酷《ひど》い。……板前の都合もあろうし、またわがままを言うのではない。……

　活《いき》づくりはお断わりだが、実は鯉汁《こいこく》大歓迎なんだ。しかし、魚屋か、何か、都合して、ほかの鯉を使ってもらうわけには行くまいか。――差し出たことだが、一尾か二尾で足りるものなら、お客は幾人だか、今夜の入用《いりよう》だけは私がその原料を買ってもいいから。」女中の返事が、「いえ、この池のは、いつもお料理にはつかいませんのでございます。うちの旦那も、おかみさんも、お志の仏の日には、鮒だの、鯉だの、……この池へ放しなさるんでございます。料理番さんもやっぱり。……そして料理番《あのひと》は、この池のを大事にして、可愛《かわい》がって、そのせいですか、隙《ひま》さえあれば、黙ってあやって庭へ出て、池を覗いていますんです。」「それはお誂《あつら》えだ。ありがたい。」境は礼を言ったくらいであった。

雪の頂から星が一つ下がったように、入相《いりあい》の座敷に電燈の点《つ》いた時、女中が風呂を知らせに来た。「すぐに膳《ぜん》を。」と声を掛けておいて、待ち構えた湯どのへ、一散――例の洗面所の向うの扉《と》を開けると、上がり場らしいが、ハテ真暗である。いやいや、提灯《ちょうちん》が一燈ぼうと薄白く点いている。そこにもう一枚扉《ひらき》があって閉まっていた。その裡《なか》が湯どのらしい。「半作事《はんさくじ》だと言うから、まだ電燈《でんき》が点かないのだろう。おお、二《ふた》つ巴《どもえ》の紋だな。大星だか由良之助《ゆらのすけ》だかで、鼻を衝《つ》く、鬱陶《うっとう》しい巴の紋も、ここへ来ると、木曾殿の寵愛《ちょうあい》を思い出させるから奥床しい。」と帯を解きかけると、ちゃぶり――という――人が居て湯を使う気勢《けはい》がする。この時、洗面所の水の音がハタとやんだ。

境はためらった。

が、いつでもかまわぬ。……他《ひと》が済んで、湯のあいた時を知らせてもらいたいと言っておいたのである。誰も入ってはいまい。とにかくと、解きかけた帯を挟《はさ》んで、ずッと寄って、その提灯の上から、扉《と》にひったりと頬《ほお》をつけて伺うと、袖《そで》のあたりに、すうーと暗くなる、蝋燭《ろうそく》が、またぽうと明《あか》くなる。影が痣《あざ》になって、巴が一つ片頬《かたほ》に映るように陰気に沁《し》み込む、と思うと、ばちゃり……内端《うちわ》に湯が動いた。何の隙間《すきま》からか、ぷんと梅の香を、ぬくもりで溶かしたような白粉《おしろい》の香がする。

「婦人《おんな》だ」

何しろ、この明りでは、男客にしろ、一所に入ると、暗くて肩も手も跨《また》ぎかねまい。乳に打着《ぶっ》かりかねまい。で、ばたばたと草履《ぞうり》を突っ掛けたまま引き返した。

「もう、お上がりになりまして?」と言う。

通いが遠い。ここで燗《かん》をするつもりで、お米がさきへ銚子《ちょうし》だけ持って来ていたのである。

「いや、あとにする。」

「まあ、そんなにお腹《なか》がすいたんですの。」

「腹もすいたが、誰かお客が入っているから。」

「へい、……こっちの湯どのは、久しく使わなかったのですが、あの、そう言っては悪うございますけど、しばらくぶりで、お掃除《そうじ》かたがた旦那様《だんなさま》に立てましたのでございますから、……あとで頂きますまでも、……あの、まだどなたも。」

「かまやしない。私はゆっくりでいいんだが、婦人の客のようだったぜ。」

「へい。」

と、おかしなベソをかいた顔をすると、手に持つ銚子が湯沸しにカチカチカチと震えたっけ、あとじさりに、ふいと立って、廊下に出た。一度ひっそり跫音《あしおと》を消すや否や、けたたましい音を、すたんと立てて、土間の板をはたはたと鳴らして駈《か》け出した。

境はきょとんとして、

「何だい、あれは……」

やがて膳《ぜん》を持って顕《あら》われたのが……お米でない、年増《としま》のに替わっていた。

「やあ、中二階のおかみさん。」

行商人と、炬燵《こたつ》で睦《むつ》まじかったのはこれである。

「御亭主《ごていしゅ》はどうしたい。」

「知りませんよ。」

「ぜひ、承りたいんだがね。」

半ば串戯《じょうだん》に、ぐッと声を低くして、

「出るのかい……何か……あの、湯殿へ……まったく？」

「それがね、旦那、大笑いなんでございますよ。……どなたもいらっしゃらないと思って、申し上げましたのに、御婦人の方が入っておいでだって、旦那がおっしゃったと言うので、米ちゃん、大変な臆病《おくびょう》なんですから。……久しくつかいません湯殿ですから、内のお上さんが、念のために、――」

「ああそうか、……私はまた、ちょっと出るのかと思ったよ。」

「大丈夫、湯どのへは出ませんけれど、そのかわりお座敷へはこんなのが、ね、貴方《あなた》。」

「いや、結構。」

お酌《しゃく》はこの方が、けっく飲める。

夜は長い、雪はしんしんと降り出した。床を取ってから、酒をもう一度、その勢いでぐっすり寝よう。晩《ばん》飯はいい加減で膳を下げた。

跫音が入り乱れる。ばたばたと廊下へ続くと、洗面所の方へ落ち合ったらしい。ちょろちょろと水の音がまた響き出した。男の声も交じって聞こえる。それが止《や》むと、お米が襖《ふすま》から円《まる》い顔を出して、

「どうぞ、お風呂へ。」

「大丈夫か。」

「ほほほほ。」

とちとてれたように笑うと、身を廊下へ引くのに、押し続いて境は手拭《てぬぐい》を提《さ》げて出た。

橋がかりの下り口に、昨夜帳場に居た坊主頭の番頭と、女中頭か、それとも女房かと思う老けた婦《おんな》と、もう一人の女中とが、といった形に顔を並べて、一団《ひとかたまり》になってこなたを見た。そこへお米の姿が、足袋《たび》まで見えてちょこちょこと橋がかりを越えて渡ると、三人の懐《ふところ》へ飛び込むように一団《ひとかたまり》。

「御苦労様。」

わがために、見とどけ役のこの人数で、風呂を検《しら》べたのだと思うから声を掛けると、一度に揃《そろ》ってお時儀をして、屋根が萱《かや》ぶきの長土間に敷いた、そのあゆみ板を渡って行く。土間のなかばで、そのおじやのかたまりのような四人の形が暗くなったのは、トタンに、一つ二つ電燈がスッと息を引くように赤くなって、橋がかりのも洗面所のも一齊《いっせい》にパッと消えたのである。

と胸を吐《つ》くと、さらさらさらさらと三筋に……こう順に流れて、洗面所を打つ水の下に、さっきの提灯《ちょうちん》が朦朧《もうろう》と、半ば暗く、巴《ともえ》を一つ照らして、墨でかいた炎か、鯰《なまず》の跳《は》ねたか、と思う形に点《とも》れていた。

いまにも電燈が点《つ》くだろう。湯殿口へ、これを持って入る気で、境がこごみざまに手を掛けようとすると、提灯がフッと消えて見えなくなった。

消えたのではない。やっぱりこれが以前のごとく、湯殿の戸口に点いていた。これはおのずから雫《しずく》して、下の板敷の濡《ぬ》れたのに、目の加減で、向うから影が映《さ》したものであろう。はじめから、提灯がここにあった次第《わけ》ではない。境は、斜めに影の宿った水中の月を手に取ろうとしたと同じである。

爪《つま》さぐりに、例の上がり場へ……で、念のために戸口に寄ると、息が絶えそうに寂寞《ひっそり》しながら、ばちゃんと音がした。ぞッと寒い。湯気が天井から雫になって点滴《したた》るのではなしに、屋根の雪が溶けて落ちるような気勢《けはい》である。

ばちゃん、……ちゃぶりと微《かす》かに湯が動く。とまた得ならず艶《えん》な、しかし冷たい、そして、におやかな、霧に白粉《おしろい》を包んだような、人膚《ひとはだ》の気がすッと肩に絡《まつ》わって、頸《うなじ》を撫《な》でた。

脱ぐはずの衣紋《えもん》をかつしめて、

「お米さんか。」

「いいえ。」

と一呼吸間《ひといきま》を置いて、湯どのの裡《なか》から聞こえたのは、もちろんわが心がわが耳に響いたのであろう。——お米でないのは言うまでもなかったのである。

洗面所の水の音がぴったりやんだ。

思わず立ち竦《すく》んで四辺《あたり》を見た。思い切って、

「入りますよ、御免。」

「いけません。」

と澄みつつ、湯気に濡《ぬ》れ濡《ぬ》れとした声が、はっきり聞こえた。

「勝手にしろ!」

我を忘れて言った時は、もう座敷へ引き返していた。

電燈は明るかった。巴の提灯はこの光に消された。が、水は三筋、さらにさらさらと走っていた。

「馬鹿にしやがる。」

不気味より、凄《すご》いより、なぶられたような、反感が起こって、炬燵《こたつ》へ仰向けにひっくり返った。

しばらくして、境が、飛び上がるように起き直ったのは、すぐ窓の外に、ざぶり、ばちゃばちゃばちゃ、ばちゃ、ちゃッと、けたたましく池の水の掻《か》き攪《みだ》さるる音を聞いたからであった。

「何だろう。」

ばちゃばちゃばちゃ、ちゃッ。

そこへ、ごそごそと池を廻って響いて来た。人の来るのは、なぜか料理番だろうと思ったのは、この池の魚《うお》を愛惜すると、聞いて知ったためである。……

「何だい、どうしたんです。」

雨戸を開けて、一面の雪の色のやや薄い処《ところ》に声を掛けた。その池も白いまで水は少ないのであった。

三

「どっちです、白鷺《しらさぎ》かね、五位鷺《ごいさぎ》かね。」

「ええ――どっちもでございますな。両方だろうと思うんでございますが。」

料理番の伊作は来て、窓下の戸際《とぎわ》に、がッしり腕組をして、うしろ向きに立って言った。

「むこうの山口の大林から下りて来るんでございます。」

言《ことば》の中にも顕《あら》われる、雪の降りやんだ、その雲の一方は漆《うるし》のごとく森が黒い。

「不断のことではありませんが、……この、旦那《だんな》、池の水の涸《か》れるところを狙《ねら》うんでございます。鯉《こい》も鮒《ふな》も半分鰭《ひれ》を出して、あがきがつかないのでございますから。」

「怜悧《りこう》な奴《やつ》だね。」

「馬鹿な人間は困っちまいます――魚《うお》が可哀相《かわいそう》でございますので……そうかと言って、夜一夜《よっぴて》、立番をしてもおられません。旦那、お寒うございます。おしめなさいまし。……そちこち御註文《ごちゅうもん》の時刻でございますから、何か、不手際《ふてぎわ》なものでも見繕って差し上げます。」

「都合がついたら、君が来て一杯、ゆっくりつき合ってくれないか。――私は夜ふかしは平気だから。一所に……ここで飲んでいたら、いくらか案山子《かかし》になるだろう。……」

「――結構でございます。……もう台所は片附きました、追ッつけ伺います。――いたずらな餓鬼どもめ。」

と、あとを口こごとで、空を睨《にら》みながら、枝をざらざらと潜《くぐ》って行く。

境は、しかし、あとの窓を閉めなかった。もちろん、ごく細目には引いたが。——実は、雪の池のここへ来て幾羽の鷺の、魚《うお》を狩る状《さま》を、さながら、炬燵で見るお伽話《とぎばなし》の絵のように思ったのである。すわと言えば、追い立つるとも、驚かすとも、その場合のこととして……第一、気もそぞろなことは、二度まで湯殿の湯の音は、いずれの隙間《すきま》からか雪とともに、鷺が起《た》ち込んで浴《ゆあ》みしたろう、とそうさえ思ったほどであった。

そのままじっと覗《のぞ》いていると、薄黒く、ごそごそと雪を踏んで行く、伊作の袖《そで》の傍《わき》を、ふわりと巴の提灯が点《つ》いて行く。おお今、窓下では提灯を持ってはいなかったようだ。——それに、もうやがて、庭を横ぎって、濡縁《ぬれえん》か、戸口に入りそうだ、と思うまで距《へだ》たった。遠いまで小さく見える、としばらくして、ふとあとへ戻るような、やや大きくなって、あの土間廊下の外の、萱《かや》屋根のつま下をすれずれに、だんだんこなたへ引き返す、引き返すのが、気のせいだか、いつの間にか、中へはいって、土間の暗がりを点《とも》れて来る。……橋がかり、一方が洗面所、突当りが湯殿……ハテナとぎょッとするまで気がついたのは、その点れて来る提灯を、座敷へ振り返らずに、逆に窓から庭の方に乗り出しつつ見ていることであった。

トタンに消えた。——頭からゾッとして、首筋を硬《こわ》く振り向くと、座敷に、白鷺かと思う女の後ろ姿の頸脚《えりあし》がスッと白い。

違《ちが》い棚《だな》の傍《わき》に、十畳のその辰巳《たつみ》に据《す》えた、姿見に向かった、うしろ姿である。……湯気に山茶花《さざんか》の悄《しお》れたかと思う、濡《ぬ》れたように、しっとりと身についた藍鼠《あいねずみ》の縞小紋《しまこもん》に、朱鷺色《ときいろ》と白のいち松のくっきりした伊達巻《だてまき》で乳の下の縊《くび》れるばかり、消えそうな弱腰に、裾模様《すそもよう》が軽《かろ》く靡《なび》いて、片膝《かたひざ》をやや浮かした、褄《つま》を友染《ゆうぜん》がほんのり溢《こぼ》れる。露の垂《た》りそうな円髷《まるまげ》に、桔梗色《ききょういろ》の手絡《てがら》が青白い。浅葱《あさぎ》の長襦袢《ながじゅばん》の裏が媚《なま》めかしく搦《から》んだ白い手で、刷毛《はけ》を優しく使いながら、姿見を少しこごみなりに覗くようにして、化粧をしていた。

境は起《た》つも坐《い》るも知らず息を詰めたのである。

あわれ、着た衣《きぬ》は雪の下なる薄もみじで、膚《はだ》の雪が、かえって薄もみじを包んだかと思う、深く脱いだ襟脚《えりあし》を、すらりと引いて掻《か》き合わすと、ぼっとりとして膝近だった懐紙《かみ》を取って、くるくると丸げて、掌《てのひら》を拭《ふ》いて落としたのが、畳へ白粉《おしろい》のこぼれるようであった。

衣摺《きぬず》れが、さらりとした時、湯どのできいた人膚《ひとはだ》に紛《まが》うとめきが薫《かお》って、少し斜めに居返《いがえ》ると、煙草《たばこ》を含んだ。吸い口が白く、艶々《つやつや》と煙管《きせる》が黒い。

トーンと、灰吹の音が響いた。

きっと向いて、境を見た瓜核顔《うりざねがお》は、目《ま》ぶちがふっくりと、鼻筋通って、色の白さは凄《すご》いよう。——気の籠《こ》もった優しい眉《まゆ》の両方を、懐紙《かみ》でひたと隠して、大きな瞳《ひとみ》でじっと視《み》て、

「……似合いますか。」

と、莞爾《にっこり》した歯が黒い。と、莞爾しながら、褄《つま》を合わせざまにすっくりと立った。顔が鴨居《かもい》に、

すらすらと丈《たけ》が伸びた。

境は胸が飛んで、腰が浮いて、肩が宙へ上がった。ふわりと、その婦《おんな》の袖《そで》で抱き上げられたと思ったのは、そうでない、横に口に引き銜《くわ》えられて、畳を空《くう》に釣《つ》り上げられたのである。

山が真黒になった。いや、庭が白いと、目に遮《さえぎ》った時は、スッと窓を出たので、手足はいつか、尾鰭《おひれ》になり、我はぴちぴちと跳《は》ねて、婦《おんな》の姿は廂《ひさし》を横に、ふわふわと欄間の天人のように見えた。

白い森も、白い家も、目の下に、たちまちさっと……空高く、松本城の天守をすれすれに飛んだように思うと、水の音がして、もんどり打って池の中へ落ちると、同時に炬燵《こたつ》でハッと我に返った。

池におびただしい羽音が聞こえた。

この案山子《かかし》になど追えるものか。

バスケットの、蔦《つた》の血を見るにつけても、青い呼吸《いき》をついてぐったりした。

四

廊下へ、しとしとと人の音がする。ハッと息を引いて立つと、料理番が膳《ぜん》に銚子《ちょうし》を添えて来た。

「やあ、伊作さん。」

「おお、旦那《だんな》。」

「昨年のちょうど今ごろでございました。」

料理番はひしと、身を寄せ、肩をしめて話し出した。

「今年は今朝から雪になりましたが、そのみぎりは、忘れもしません、前日雪が降りました。積もり方は、もっと多かったのでございます。――二時ごろに、目の覚《さ》めますような御婦人客が、ただお一方《ひとかた》で、おいでになったのでございます。――目の覚めるようだと申しましても派手ではありません。婀娜《あだ》な中に、何となく寂しさのございます、二十六七のお年ごろで、高等な円髷《まるまげ》でおいでございました。――御容子《ごようす》のいい、背のすらりとした、見立ての申し分のない、しかし奥様と申すには、どこか媚《なま》めかしさが過ぎております。そこは、田舎《いなか》ものでも、大勢お客様をお見かけ申しておりますから、じきにくろうと衆《しゅ》だと存じましたのでございまして、これが柳橋の蓑吉《みのきち》さんという姐《ねえ》さんだったことが、後に分かりました。宿帳の方はお艶様《つやさま》でございます。

その御婦人を、旦那――帳場で、このお座敷へ御案内申したのでございます。

風呂《ふろ》がお好きで……もちろん、お嫌《いや》な方もたんとございますまいが、あの湯へ二度、お着きになって、すぐと、それに夜分に一度、お入りなすったのでございます――都合で、新館の建出しは見合わせておりますが、温泉ごのみに石で畳《たた》みました風呂は、自慢でございまして、旧の二階三階のお客様にも、ちと遠うございますけれども、お入りを願っておりましたところが――実はその、時々、不思議なことがありますので、このお座敷も同様にしばらく使わずにおきましたのを、旦那のような方に試みていただけば、おのずと変なこともなくなりましょうと、相談をいたしまして、申すもいかがでございますが、今日《こんにち》久しぶりで、湧《わ》かしも使いもいたしましたような次第《わけ》なのでございます。

ところで、お艶様、その御婦人でございますが、日のうち一風呂お浴びになりますと、（鎮守様のお宮は、）と聞いて、お参詣《まいり》なさいました。贄川街道《にえがわかいどう》よりの丘の上にございます。――山王様のお社《やしろ》で、むかし人身御供《ごくう》があがったなどと申し伝えてございます。森々《しんしん》と、もの寂しいお社で。……村社はほかにもございますが、鎮守と言う、お尋ねにつけて、その儀を帳場で申しますと……道を尋ねて、そこでお一人でおのぼりなさいました。目を少々お煩いのようで、雪がきらきらして疼《いた》むからと言って、こんな土地でございます、ほんの出来あいの黒い目金を買わせて、掛けて、洋傘《こうもり》を杖《つえ》のようにしてお出掛けで。――これは鎮守様へ参詣《さんけい》は、奈良井宿一統への礼儀挨拶《あいさつ》というお心だったようでございます。

無事に、まずお帰りなすって、夕飯の時、お膳《ぜん》で一口あがりました。――旦那の前でございますが、板前へと、御丁寧にお心づけを下すったものでございますから私《てまい》……ちょいと御挨拶に出ました時、こういうおたずねでございます――お社へお供物《くもつ》にきざ柿《がき》と楊枝《ようじ》とを買いました、……石段下のそこの小店のお媼《ばあ》さんの話ですが、山王様の奥が深い森で、その奥に桔梗ヶ原という、原の中に、桔梗の池というのがあって、その池に、お一方《ひとり》、お美しい奥様がいらっしゃると言うことですが、ほんとうですか。——

——まったくでございます、と皆まで承わらないで、私《てまい》が申したのでございます。

論より証拠、申して、よいか、悪いか存じませんが、現に私《てまい》が一度見ましたのでございます。」

「…………」

「桔梗ヶ原とは申しますが、それは、秋草は綺麗《きれい》に咲きます、けれども、桔梗ばかりというのではございません。ただその大池の水が真桔梗《まっききょう》の青い色でございます。桔梗はかえって、白い花のが見事に咲きますのでございまして。……

四年あとになりますが、正午《まひる》というのに、この峠向うの藪原宿《やぶはらじゅく》から火が出ました。正午《しょううま》の刻《こく》の火事は大きくなると、何国《いずこ》でも申しますが、全く大焼けでございました。

山王様の丘へ上がりますと、一目に見えます。火の手は、七条《ななすじ》にも上がりまして、ぱちぱちぱちぱんぱんと燃える音が手に取るように聞こえます。……あれは山間《やまあい》の滝か、いや、ぽんぷの水の走るのだと申すくらい。この大南風《おおみなみ》の勢いでは、山火事になって、やがて、ここもとまで押し寄せはしまいかと案じますほどの激しさで、駈《か》けつけるものは駈けつけます、騒ぐものは騒ぐ。私《てまい》なぞは見物の方で、お社《やしろ》前は、おなじ夥間《なかま》で充満《いっぱい》でございました。

二百十日の荒れ前で、残暑の激しい時でございましたから、ついつい少しずつお社の森の中へ火を見ながら入りましたにつけて、不断は、しっかり行くまじきとしてある処《ところ》ではございますが、この火の陽気で、人の気の湧《わ》いている場所から、深いといっても半町とはない。大丈夫と。ところで、私《てまい》陰気もので、あまり若衆《わかしゅ》づきあいがございませんから、誰を誘うでもあるまいと、杉檜《すぎひのき》の森々としました中を、それも、思ったほど奥が深くもございませんで、一面の草花。……白い桔梗《ききょう》でへりを取った百畳敷ばかりの真青《まっさお》な池が、と見ますと、その汀《みぎわ》、ものの二……三……十間とはない処に……お一人、何ともおうつくしい御婦人が、鏡台を置いて、斜めに向かって、お化粧をなさっていらっしゃいました。

お髪《ぐし》がどうやら、お召ものが何やら、一目見ました、その時の凄《すご》さ、可恐《おそろ》しさと言ってはございません。ただいま思い出しましても御酒《ごしゅ》が氷になって胸へ沁《し》みます。ぞっとします。……それでいてそのお美しさが忘れられません。勿体《もったい》ないようでございますけれども、家のないもののお仏壇に、うつしたお姿と存じまして、一日でも、この池の水を視《なが》めまして、その面影《おもかげ》を思わずにはおられませんのでございます。――さあ、その時は、前後も存ぜず、翼《はね》の折れた鳥が、ただ空から落ちるような思いで、森を飛び抜けて、一目散に、高い石段を駈け下りました。私《てまい》がその顔の色と、怯《おび》えた様子とてはなかったそうでございましてな。……お社前の火事見物が、一雪崩《ひとなだれ》になって遁《に》げ下《お》りました。森の奥から火を消すばかり冷たい風で、大蛇《だいじゃ》がさっと追ったようで、遁げた私《てまい》は、野兎《のうさぎ》の飛んで落ちるように見えたということでございまして。

とこの趣を――お艶様、その御婦人に申しますと、――そうしたお方を、どうして、女神様《おんながみさま》とも、お姫様とも言わないで、奥さまと言うんでしょう。さ、それでございます。私《てまい》はただ目が暗んでしまいましたが、前々《ぜんぜん》より、ふとお見上げ申したものの言うのでは、桔梗の池のお姿は、眉《まゆ》をおとしていらっしゃりまするそうで……」

境はゾッとしながら、かえって炬燵《こたつ》を傍《わき》へ払った。

「どなたの奥方とも存ぜずに、いつとなくそう申すのでございまして……旦那。――お艶様に申しますと、じっとお聞きなすって――だと、その奥さまのお姿は、ほかにも見た方がありますか、とおっしゃいます――ええ、月の山の端《は》、花の麓路《ふもとじ》、螢《ほたる》の影、時雨《しぐれ》の提灯《ちょうちん》、雪の川べりなど、随分村方でも、ちらりと拝んだものはございます。――お艶様はこれをきいて、猪口《ちょく》を下に置いて、なぜか、しょんぼりとおうつむきなさいました。――

――ところで旦那……その御婦人が、わざわざ木曾のこの山家《やまが》へ一人旅をなされた、用事がでございまする。」

五

「ええ、その時、この、村方で、不思議千万な、色出入り、――変な姦通《まおとこ》事件がございました。

村入りの雁股《かりまた》と申す処《ところ》に（代官婆《ばば》）という、庄屋《しょうや》のお婆《ばあ》さんと言えば、まだしおらしく聞こえますが、代官婆。……渾名《あだな》で分かりますくらいおそろしく権柄《けんぺい》な、家の系図を鼻に掛けて、俺《おら》が家はむかし代官だぞよ、と二言めには、たつみ上がりになりますので。その了簡《りょうけん》でございますから、中年から後家になりながら、手一つで、まず……倅《せがれ》どのを立派に育てて、これを東京で学士先生にまで仕立てました。……そこで一頃《ひところ》は東京住居《ずまい》をしておりましたが、何でも一旦微禄《いったんびろく》した家を、故郷《ふるさと》に打《ぶ》っ開《ぱだ》けて、村中の面《つら》を見返すと申して、估券潰《こけんつぶ》れの古家を買いまして、両三年前《ぜん》から、その倅の学士先生の嫁御、近頃で申す若夫人と、二人で引き籠もっておりますが。……菜大根、茄子《なすび》などは料理に醤油《したじ》が費《つい》え、だという倹約で、葱《ねぶか》、韮《にら》、大蒜《にんにく》、辣薤《らっきょう》と申す五薀《うん》の類《たぐい》を、空地《あきち》中に、植え込んで、塩で弁ずるのでございまして。……もう遠くからぷんと、その家が臭《にお》います。大蒜屋敷の代官婆。……

　ところが若夫人、嫁御というのが、福島の商家の娘さんで学校をでた方だが、当世に似合わないおとなしい優《やさ》しい、ちと内輪すぎますぐらい。もっともこれでなくっては代官婆と二人住居はできません。……大蒜ばなれのした方《かた》で、鋤《すき》にも、鍬《くわ》にも、連尺にも、婆どのに追い使われて、いたわしいほどよく辛抱なさいます。

　霜月の半ば過ぎに、不意に東京から大蒜屋敷へお客人がございました。学士先生のお友だちで、この方はどこへも勤めてはいなさらない、もっとも画師《えかき》だそうでございますから、きまった勤めとてはございますまい。学士先生の方は、東京のある中学校でれっきとした校長さんでございますが。

で、その画師さんが、不意に、大蒜屋敷に飛び込んで参ったのは、ろくに旅費も持たずに、東京から遁《に》げ出して来たのだそうで。……と申しますのは――早い話が、細君がありながら、よそに深い馴染《なじみ》が出来ました。……それがために、首尾も義理も世の中は、さんざんで、思い余って細君が意見をなすったのを、何を！ と言って、一つ横頬《よこぞっぽ》を撲《くら》わしたはいいが、御先祖、お両親《ふたおや》の位牌《いはい》にも、くらわされてしかるべきは自分の方で、仏壇のあるわが家には居たたまらないために、その場から門《かど》を駈け出したは出たとして、知合《ちかづき》にも友だちにも、女房に意見をされるほどの始末で見れば、行き処《どころ》がなかったので、一夜《ひとよ》しのぎに、この木曾谷まで遁げ込んだのだそうでございます、遁げましたなあ。……それに、その細君というのが、はじめ画師《えかき》さんには恋人で、晴れて夫婦になるのには、この学士先生が大層なお骨折りで、そのおかげで思いが叶《かな》ったと申したようなわけだそうで。……遁げ込み場所には屈竟《くっきょう》なのでございました。

時に、弱りものの画師さんの、その深い馴染というのが、もし、何と……お艶様――手前どもへ一人でお泊まりになったその御婦人なんでございます。……ちょいと申し上げておきますが、これは画師さんのあとをたずねて、雪を分けておいでになったのではございません。その間がざっと半月ばかりございました。その間に、ただいま申しました、姦通《まおとこ》騒ぎが起こったのでございます。」

と料理番は一息した。

「そこで……また代官婆《ばば》に変な癖がございましてな。癖より病で――あるもの知りの方に承りましたのでは、訴訟狂とか申すんだそうで、葱《ねぶか》が枯れたと言っては村役場だ、小児《こども》が睨《にら》んだと言えば交番だ。……派出所だ裁判だと、何でも上沙汰《かみざた》にさえ持ち出せば、我に理があると、それ貴客《あなた》、代官婆だけに思い込んでおりますのでございます。

その、大蒜《にんにく》屋敷の雁股《かりまた》へ掛かります、この街道《かいどう》、棒鼻《ぼうばな》の辻《つじ》に、巌穴《いわあな》のような窪地《くぼち》に引っ込んで、石松という猟師が、小児《がき》だくさんで籠《こ》もっております。四十親仁《おやじ》で、これの小僧の時は、まだ微禄《びろく》をしません以前の……その婆のとこに下男奉公、女房《かかあ》も女中奉公をしたものだそうで。……婆がえろう家来扱いにするのでございますが、石松猟師も、堅い親仁で、はなはだしく御主人に奉っておりますので。……

宵《よい》の雨が雪になりまして、その年の初雪が思いのほか、夜半《よなか》を掛けて積もりました。山の、猪《しし》、兎《うさぎ》が慌《あわ》てます。猟はこういう時だと、夜更《よふ》けに、のそのそと起きて、鉄砲しらべをして、炉端《ろばた》で茶漬《ちゃづけ》を掻《か》っ食らって、手製《てづくり》の猿《さる》の皮の毛頭巾《けずきん》を被《かぶ》った。筵《むしろ》の戸口へ、白髪《しらが》を振り乱して、蕎麦切色《そばきりいろ》の褌《ふんどし》……いやな奴《やつ》で、とき色の禿《は》げたのを不断まきます、尻端折《しりばしょ》りで、六十九歳の代官婆が、跣足《はだし》で雪の中に突っ立ちました。（内へ怪《ば》けものが出た、来てくれせえ。）と顔色《がんしょく》、手ぶりで喘《あえ》いで言うので。……こんな時鉄砲は強うございますよ、ガチリ、実弾《たま》をこめました。……旧主人の後室様がお跣足でございますから、石松も素跣足。街道を突っ切って韮《にら》、辣薤《らっきょう》、葱畑《ねぶかばたけ》を、さっさと、化けものを見届けるのじゃ、静かにということで、婆が出て来ました納戸口《なんどぐち》から入って、中土間へ忍んで、指さされるなりに、板戸の節穴から覗《のぞ》きますとな、——何と、六枚折の屏風《びょうぶ》の裡《なか》に、枕《まくら》を並べて、と申すのが、寝てはいなかったそうでございます。若夫人が緋《ひ》の長襦袢《ながじゅばん》で、掻巻《かいまき》の襟《えり》の肩から辷《すべ》った半身で、画師の膝《ひざ》に白い手をかけて俯向《うつむ》けになりました、背中を男が、撫《な》でさすっていたのだそうで。いつもは、もんぺを穿《は》いて、木綿《もめん》のちゃんちゃんこで居る嫁御が、その姿で、しかもそのありさまでございます。石松は化けもの以上に驚いたに相違ございません。（おのれ、不義もの……人畜生《にんちくしょう》。）と代官婆が土蜘蛛《つちぐも》のようにのさばり込んで、（やい、……動くな、その状《ざま》を一寸でも動いて崩《くず》すと——鉄砲《あれ》だぞよ、弾丸《あれ》だぞよ。）と言う。にじり上がりの屏風の端から、鉄砲の銃口《すぐち》をヌッと突き出して、毛の生えた蟇《ひきがえる》のような石松が、目を光らして狙《ねら》っております。

　人相と言い、場合と申し、ズドンとやりかねない勢いでございますから、画師さんは面喰《めんく》らったに相違ございますまい。（天罰は立《た》ち処《どころ》じゃ、足四本、手四つ、顔《つら》二つのさらしものにしてやるべ。）で、代官婆は、近所の村方四軒というもの、その足でたたき起こして廻って、石松が鉄砲を向けたままの、そのありさまをさらしました。——夜のあけ方には、派出所の巡査《おまわり》、檀那寺《だんなでら》の和尚《おしょう》まで立ち会わせるという狂い方でございまして。学士先生の若夫人と色男の画師さんは、こうなると、緋鹿子《ひがのこ》の扱帯《しごき》も藁《わら》すべで、彩色《さいしき》をした海鼠《なまこ》のように、雪にしらけて、ぐったりとなったのでございます。

　男はとにかく、嫁はほんとうに、うしろ手に縛《くく》りあげると、細引を持ち出すのを、巡査《おまわり》が叱《しか》りましたが、叱られるとなお吼《たけ》り立って、たちまち、裁判所、村役場、派出所も村会も一所にして、姦通《かんつう》の告訴をすると、のぼせ上がるので、どこへもやらぬ監禁同様という趣で、ひとまず檀那寺まで引き上げることになりましたが、活き証拠《いじょうこ》だと言い張って、嫁に衣服《きもの》を着せることを肯《き》きませんので、巡査《おまわり》さんが、雪のかかった外套《がいとう》を掛けまして、何と、しかし、ぞろぞろと村の女小児《こども》まであとへついて、寺へ参ったのでございますが。」

境はききつつ、ただ幾度《いくたび》も歎息《たんそく》した。

「——遁《に》がしたのでございましょうな。画師さんはその夜のうちに、寺から影をかくしました。これはそうあるべきでございます。——さて、聞きますれば、——伜《せがれ》の親友、兄弟同様の客じゃから、伜同様に心得る。……半年あまりも留守を守ってさみしく一人で居ることとゆえ、嫁女や、そなたも、伜と思うて、つもる話もせいよ、と申して、身じまいをさせて、衣《き》ものまで着かえさせ、寝る時は、にこにこ笑いながら、床を並べさせたのだと申すことで。……嫁御はなるほど、わけしりの弟分の膝に縋《すが》って泣きたいこともありましたろうし、芸妓《げいしゃ》でしくじるほどの画師さんでございます、背中を擦《さす》るぐらいはしかねますまい、……でございますな。

代官婆の憤り方をお察しなさりとう存じます。学士先生は電報で呼ばれました。何と宥《なだ》めても承知をしません。ぜひとも姦通の訴訟を起こせ。いや、恥も外聞もない、代官といえば帯刀じゃ。武士たるものは、不義ものを成敗《せいばい》するはかえって名誉じゃ、とこうまで間違っては事面倒で。たって、裁判沙汰にしないとなら、生きておらぬ。咽喉笛鉄砲《のどぶえ》じゃ、鎌腹《かまばら》じゃ、奈良井川の淵《ふち》を知らぬか。……桔梗ヶ池へ身を沈める……こ、こ、この婆《ばばあ》め、沙汰の限りな、桔梗ヶ池へ沈めますものか、身投げをしようとしたら、池が投げ出しましょう。」

と言って、料理番は苦笑した。

「また、今時に珍しい、学校でも、倫理、道徳、修身の方を御研究もなされば、お教えもなさいます、学士は至っての御孝心。かねて評判な方で、嫁御をいたわる傍《はた》の目には、ちと弱すぎると思うほどなのでございますから、困《こう》じ果てて、何とも申しわけも面目《めんぼく》もなけれども、とにかく一度、この土地へ来てもらいたい。万事はその上で。と言う——学士先生から画師《えかき》さんへのお頼みでございます。

さて、これは決闘状《はたしじょう》より可恐《おそろ》しい。……もちろん、村でも不義ものの面《つら》へ、唾《つば》と石とを、人間の道のためとか申して騒ぐ方《かた》が多い真中《まんなか》でございますから。……どの面さげて画師さんが奈良井へ二度面がさらされましょう、旦那《だんな》。」

「これは何と言われても来られまいなあ。」

「と言って、学士先生との義理合いでは来ないわけにはまいりますまい。ところで、その画師さんは、その時、どこに居たと思し召《おぼめ》します。……いろのことから、怪《け》しからん、横頬《よこぞっぽ》を撲《は》ったという細君の、袖《そで》のかげに、申しわけのない親御たちのお位牌《いはい》から頭をかくして、尻《しり》も足もわなわなと震えていましたので、弱った方でございます。……必ず、連れて参ります——と代官婆《ばば》に、誓って約束をなさいまして、学士先生は東京へ立たれました。

その上京中。その間のことなのでございます、――柳橋の蓑吉姉《みのきちねえ》さん……お艶様が……ここへお泊まりになりましたのは。……」

六

「――どんな用事の御都合にいたせ、夜中《やちゅう》、近所が静まりましてから、お艶様が、おたずねになろうというのが、代官婆の処《ところ》と承っては、一人ではお出し申されません。ただ道だけ聞けば、とのことでございましたけれども、おともが直接《じか》について悪ければ、垣根《かきね》、裏口にでもひそみまして、内々守って進じようで……帳場が相談をしまして、その人選に当たりましたのが、この、ふつつかな私《てまい》なんでございました。……

お支度《したく》がよろしくばと、私《てまい》、これへ……このお座敷へ提灯《ちょうちん》を持って伺いますと……」

「ああ、二つ巴《どもえ》の紋のだね。」と、つい誘われるように境が言った。

「へい。」

と暗く、含むような、頤《おとがい》で返事を吸って、

「よく御存じで。」

「二度まで、湯殿に点《つ》いていて、知っていますよ。」

「へい、湯殿に……湯殿に提灯を点《つ》けますようなことはございませんが、――それとも、へーい。」

この様子では、今しがた庭を行く時、この料理番とともに提灯が通ったなどとは言い出せまい。

境は話を促した。

「それから。」

「ちと変な気がいたしますが。――ええ、ざっとお支度済みで、二度めの湯上がりに薄化粧をなすった、めしものの藍鼠《あいねずみ》がお顔の影に藤色《ふじいろ》になって見えますまで、お色の白さったらありません、姿見の前で……」

境が思わず振り返ったことは言うまでもない。

「金の吸口《くち》で、烏金《しゃくどう》で張った煙管《きせる》で、ちょっと歯を染めなさったように見えます。懐紙《かいし》をな、眉《まゆ》にあてて私《てまい》を、おも長に御覧なすって、

――似合いますか。――」

「むむ、む。」と言う境の声は、氷を頰張《ほおば》ったように咽喉《のど》に支《つか》えた。

「畳のへりが、桔梗《ききょう》で白いように見えました。

(ええ、勿体ないほどお似合いで。)と言うのを聞いて、懐紙をおのけになると、眉のあとがいま剃立《そりた》ての真青《まっさお》で。……(桔梗ヶ池の奥様とは?)――(お姉妹《きょうだい》……いや一倍お綺麗《きれい》で)と罰《ばち》もあた

れ、そう申さずにはおられなかったのでございます。
ここをお聞きなさいまし。」……

（お艶さん、どうしましょう。）

「雪がちらちら雨まじりで降る中を、破れた蛇目傘《じゃのめ》で、見すぼらしい半纏《はんてん》で、意気にやつれた画師さんの細君が、男を寝取った情婦《おんな》とも言わず、お艶様――本妻が、その体《てい》では、情婦《いろ》だって工面《くめん》は悪うございます。目を煩《わず》らって、しばらく親許《おやもと》へ、納屋《なや》同然な二階借りで引き籠《こ》もって、内職に、娘子供に長唄《ながうた》なんか、さらって暮らしていなさるところへ、思い余って、細君が訪ねたのでございます。」

（お艶さん、私《わたし》はそう存じます。私が、貴女《あなた》ほどお美しければ、「こんな女房がついています。何の夫《やど》が、木曾街道《きそかいどう》の女なんぞに。」と姦通《まおとこ》呼ばわりをするその婆《ばばあ》に、そう言ってやるのが一番早分りがすると思います。）（ええ、何よりですともさ。それよりか、なおその上に、「お妾《めかけ》でさえこのくらいだ。」と言って私《わたし》を見せてやります方が、上になお奥さんという、奥行があってようございます。――「奥さんのほかに、私ほどのいろがついています。田舎《いなか》で意地ぎたなをするもんですか。」婆《ばばあ》にそう言ってやりましょうよ。そのお嫁さんのためにも。）――

「――あとで、お艶様の、したためもの、かきおきなどに、この様子が見えることに、何ともどうも、つい立ち至ったのでございますから、何の木曾の山猿《やまざる》なんか。しかし、念のために土地の女の風俗を見ようと、山王様御参詣《ごさんけい》は、その下心だったかとも存じられます。……ところを、桔梗ヶ池の、凄《すご》い、美しいお方のことをおききなすって、これが時々人目にも触れるというので、自然、代官婆の目にもとまっていて、自分の容色《きりょう》の見劣りがする段《ひ》には、美しさで勝つことはできない、という覚悟だったと思われます。――もっとも西洋剃刀《かみそり》をお持ちだったほどで。――それでいけなければ、世の中に煩《うるさ》い婆《ばばあ》、人だすけに切っちまう――それも、かきおきにございました。

雪道を雁股《かりまた》まで、棒端《ぼうばな》をさして、奈良井川の枝流れの、青白いつつみを参りました。氷のような月が皎々《こうこう》と冴《さ》えながら、山気が霧に凝って包みます。巌石《がんせき》、がらがらの細谿川《ほそたにがわ》が、寒さに水涸《みずが》れして、さらさらさらさら、……ああ、ちょうど、あの音、……洗面所の、あの音でございます。」

「ちょっと、あの水口を留めて来ないか、身体《からだ》の筋々へ沁《し》み渡るようだ。」

「御同然でございまして……ええ、しかし、どうも。」

「一人じゃいけないかね。」

「貴方様《あなたさま》は？」

「いや、なに、どうしたんだい、それから。」

「岩と岩に、土橋が架《か》かりまして、向うに槐《えんじゅ》の大きいのが枯れて立ちます。それが危なかしく、水で揺れるように月影に見えました時、ジイと、私《てまい》の持ちました提灯《ちょうちん》の蝋燭《ろうそく》が煮えまして、ぼんやり灯《ひ》を引きます。(暗くなると、巴《ともえ》が一つになって、人魂《ひとだま》の黒いのが歩行《ある》くようね。)お艶様の言葉に――私《てまい》、はッとして覗《のぞ》きますと、不注意にも、何にも、お綺麗《きれい》さに、そわつきましたか、ともしかけが乏しくなって、かえの蝋燭が入れてございません。――おつき申してはおります、月夜だし、足許《あしもと》に差支《さしつか》えはございませんようなものの、当館の紋の提灯は、ちょっと土地では幅が利きます。あなたのおためにと思いまして、道はまだ半町足らず、つい一っ走りで、駈《か》け戻りました。これが間違いでございました。」

　声も、言《ことば》も、しばらく途絶えた。

「裏土塀《うらどべい》から台所口へ、……まだ入りませんさきに、ドーンと天狗星《てんぐぼし》の落ちたような音がしました。ドーンと谺《こだま》を返しました。鉄砲でございます。」

「………」

「びっくりして土手へ出ますと、川べりに、薄い銀のようでございましたお姿が見えません。提灯も何も押《お》っ放《ぽ》り出して、自分でわッと言って駈《か》けつけますと、居処《いどころ》が少しずれて、バッタリと土手っ腹の雪を枕《まくら》に、帯腰が谿川の石に倒れておいででした。(寒いわ。)と現《うつつ》のように、(ああ、冷たい。)とおっしゃると、その唇《くちびる》から糸のように、三条《みすじ》に分かれた血が垂れました。

――何とも、かとも、おいたわしいことに――裾《すそ》をつつもうといたします、乱れ褄《づま》の友染《ゆうぜん》が、色をそのままに岩に凍りついて、霜の秋草に触《さわ》るようだったのでございます。――人も立ち会い、抱き起こし申す縮緬《ちりめん》が、氷でバリバリと音がしまして、古襖《ふるぶすま》から錦絵《にしきえ》を剥《は》がすようで、この方が、お身体《からだ》を裂く思いがしました。胸に溜《た》まった血は暖かく流れましたのに。――

撃ちましたのは石松で。――親仁《おやじ》が、生計《くらし》の苦しさから、今夜こそは、どうでも獲《え》ものをと、い、い、しとぎ餅《もち》で山の神を祈って出ました。玉味噌《たまみそ》を塗《なす》って、串《くし》にさして焼いて持ちます、その握飯には、魔が寄ると申します。がりがり橋という、その土橋にかかりますと、お艶様の方では人が来るのを、よけようと、水が少ないから、つい川の岩に片足おかけなすった。桔梗ヶ池の怪しい奥様が、水の上を横に伝うと見て、パッと臥打《ふしう》ちに狙いをつけた。俺《おれ》は魔を退治たのだ、村方のために。と言って、いまもって狂っております。――

旦那《だんな》、旦那、旦那、提灯が、あれへ、あ、あの、湯どのの橋から、……あ、あ、ああ、旦那、向うから、私《てまい》が来ます、私《てまい》とおなじ男が参ります。や、並んで、お艶様が。」

境も歯の根をくいしめて、

「しっかりしろ、可恐《おそろ》しくはない、可恐しくはない。……怨《うら》まれるわけはない。」

電燈の球《たま》が巴になって、黒くふわりと浮くと、炬燵《こたつ》の上に提灯がぼうと掛かった。

「似合いますか。」

座敷は一面の水に見えて、雪の気はいが、白い桔梗の汀《みぎわ》に咲いたように畳に乱れ敷いた。

きのこ会議

夢野久作

初茸、松茸、椎茸、木くらげ、白茸、鴈茸《がん》、ぬめり茸、霜降り茸、獅子茸、鼠茸、皮剥ぎ茸、米松露、麦松露なぞいうきのこ連中がある夜集まって、談話会を始めました。一番初めに、初茸が立ち上って挨拶をしました。

「皆さん。この頃はだんだん寒くなりましたので、そろそろ私共は土の中へ引き込まねばならぬようになりました。今夜はお別れの宴会ですから、皆さんは何でも思う存分に演説をして下さい。私が書いて新聞に出しますから」

皆がパチパチと手をたたくと、お次に椎茸が立ち上りました。

「皆さん、私は椎茸というものです。この頃人間は私を大変に重宝がって、わざわざ木を腐らして私共の畑を作ってくれますから、私共はだんだん大きな立派な子孫が殖えて行くばかりです。今にどんな茸でも人間が畠を作ってくれるようになって貰いたいと思います」

皆は大賛成で手をたたきました。その次に松茸がエヘンと咳払いをして演説をしました。

「皆さん、私共のつとめは、第一に傘をひろげて種子《たね》を撒き散らして子孫を殖やすこと、その次は人間に食べられることですが、人間は何故だか私共がまだ傘を開かないうちを喜んで持って行ってしまいます。そのくせ椎茸さんのような畠も作ってくれません。こんな風だと今に私共は種子を撒く事が出来ず、子孫を根絶やしにされねばなりません。人間は何故この理屈がわからないかと思うと、残念でたまりません」

と涙を流して申しますと、皆も口々に、

「そうだ、そうだ」

と同情をしました。

するとこの時皆のうしろからケラケラと笑うものがあります。見るとそれは蝿取り茸、紅茸、草鞋茸、馬糞茸、狐の火ともし、狐の茶袋なぞいう毒茸の連中でした。

その大勢の毒茸の中でも一番大きい蝿取り茸は大勢の真中に立ち上って、

「お前達は皆馬鹿だ。世の中の役に立つからそんなに取られてしまうのだ。役にさえ立たなければいじめられはしないのだ。自分の仲間だけ繁昌すればそれでいいではないか。俺達を見ろ。役に立つ処でなく世間の毒になるのだ。蝿でも何でも片っぱしから殺してしまう。えらい茸は人間さえも毎年毎年殺している位だ。だからすこしも世の中の御厄介にならずに、繁昌して行くのだ。お前達も早く人間の毒になるように勉強しろ」

と大声でわめき立てました。

これを聞いた他の連中は皆理屈に負けて「成る程、毒にさえなればこわい事はない」と思う者さえありました。

そのうちに夜があけて茸狩りの人が来たようですから、皆は本当に毒茸のいう通り毒があるがよいか、ないがよいか、試験してみる事にしてわかれました。

茸狩りに来たのは、どこかのお父さんとお母さんと姉さんと坊ちゃんでしたが、ここへ来ると皆大喜びで、

「もはやこんなに茸はあるまいと思っていたが、いろいろの茸がずいぶん沢山ある」

「あれ、お前のようにむやみに取っては駄目よ。こわさないように大切に取らなくては」

「小さな茸は残してお置きよ。かわいそうだから」

「ヤアあすこにも。ホラここにも」

と大変な騒ぎです。

そのうちにお父さんは気が付いて、

「オイオイみんな気を付けろ。ここに毒茸が固まって生えているぞ。よくおぼえておけ。こんなのはみんな毒茸だ。取って食べたら死んでしまうぞ」

とおっしゃいました。茸共は、成る程毒茸はえらいものだと思いました。毒茸も「それ見ろ」と威張っておりました。

処が、あらかた茸を取ってしまってお父さんが、

「さあ行こう」

と言われますと、姉さんと坊ちゃんが立ち止まって、

「まあ、毒茸はみんな憎らしい恰好をしている事ねえ」

「ウン、僕が征伐してやろう」

といううちに、片っ端から毒茸共は大きいのも小さいのも根本まで木っ葉微塵に踏み潰されてしまいました。

檸檬

梶井基次郎

灘の清酒
富貴
大衆酒場
串平
土地建物
売買管理
(有)平野開発
親交会

えたいの知れない不吉な塊が私の心を始終圧《おさ》えつけていた。焦躁《しょうそう》と言おうか、嫌悪と言おうか――酒を飲んだあとに宿酔《ふつかよい》があるように、酒を毎日飲んでいると宿酔に相当した時期がやって来る。それが来たのだ。これはちょっといけなかった。結果した肺尖《はいせん》カタルや神経衰弱がいけないのではない。また背を焼くような借金などがいけないのではない。いけないのはその不吉な塊だ。以前私を喜ばせたどんな美しい音楽も、どんな美しい詩の一節も辛抱がならなくなった。蓄音器を聴かせてもらいにわざわざ出かけて行っても、最初の二三小節で不意に立ち上がってしまいたくなる。何かが私を居堪《いたたま》らずさせるのだ。それで始終私は街から街を浮浪し続けていた。

何故《なぜ》だかその頃私は見すぼらしくて美しいものに強くひきつけられたのを覚えている。風景にしても壊れかかった街だとか、その街にしてもよそよそしい表通りよりもどこか親しみのある、汚い洗濯物が干してあったりがらくたが転がしてあったりむさくるしい部屋が覗《のぞ》いていたりする裏通りが好きであった。雨や風が蝕《むしば》んでやがて土に帰ってしまう、と言ったような趣きのある街で、土塀《どべい》が崩れていたり家並が傾きかかっていたり――勢いのいいのは植物だけで、時とするとびっくりさせるような向日葵《ひまわり》があったりカンナが咲いていたりする。

時どき私はそんな路を歩きながら、ふと、そこが京都ではなくて京都から何百里も離れた仙台とか長崎とか――そのような市へ今自分が来ているのだ――という錯覚を起こそうと努める。私は、できることなら京都から逃げ出して誰一人知らないような市へ行ってしまいたかった。第一に安静。

がらんとした旅館の一室。清浄な蒲団《ふとん》。匂《にお》いのいい蚊帳《かや》と糊《のり》のよくきいた浴衣《ゆかた》。そこで一月ほど何も思わず横になりたい。希《ねが》わくはここがいつの間にかその市になっているのだったら。——錯覚がようやく成功しはじめると私はそれからそれへ想像の絵具を塗りつけてゆく。なんのことはない、私の錯覚と壊れかかった街との二重写しである。そして私はその中に現実の私自身を見失うのを楽しんだ。

私はまたあの花火というやつが好きになった。花火そのものは第二段として、あの安っぽい絵具で赤や紫や黄や青や、さまざまの縞模様《しまもよう》を持った花火の束、中山寺の星下り、花合戦、枯れすすき。それから鼠花火《ねずみはなび》というのは一つずつ輪になっていて箱に詰めてある。そんなものが変に私の心を唆《そそ》った。

それからまた、びいどろという色硝子《ガラス》で鯛や花を打ち出してあるおはじきが好きになったし、南京玉《なんきんだま》が好きになった。またそれを嘗《な》めてみるのが私にとってなんともいえない享楽だったのだ。あのびいどろの味ほど幽《かす》かな涼しい味があるものか。私は幼い時よくそれを口に入れては父母に叱られたものだが、その幼時のあまい記憶が大きくなって落ち魄《ぶ》れた私に蘇《よみが》えってくる故《せい》だろうか、まったくあの味には幽《かす》かな爽《さわ》やかななんとなく詩美と言ったような味覚が漂って来る。

察しはつくだろうが私にはまるで金がなかった。とは言えそんなものを見て少しでも心の動きかけた時の私自身を慰めるためには贅沢《ぜいたく》ということが必要であった。二銭や三銭のもの——と言って贅沢なもの。美しいもの――と言って無気力な私の触角にむしろ媚《こ》びて来るもの。――そう言ったものが自然私を慰めるのだ。

生活がまだ蝕《むしば》まれていなかった以前私の好きであった所は、たとえば丸善であった。赤や黄のオードコロンやオードキニン。洒落《しゃれ》た切子細工や典雅なロココ趣味の浮模様を持った琥珀色や翡翠色《ひすいいろ》の香水壜《こうすいびん》。煙管《きせる》、小刀、石鹸《せっけん》、煙草《たばこ》。私はそんなものを見るのに小一時間も費すことがあった。そして結局一等いい鉛筆を一本買うくらいの贅沢をするのだった。しかしここももうその頃の私にとっては重くるしい場所に過ぎなかった。書籍、学生、勘定台、これらはみな借金取りの亡霊のように私には見えるのだった。

ある朝――その頃私は甲の友達から乙の友達へというふうに友達の下宿を転々として暮らしていたのだが――友達が学校へ出てしまったあとの空虚な空気のなかにぽつねんと一人取り残された。私はまたそこから彷徨《さまよ》い出なければならなかった。何かが私を追いたてる。そして街から街へ、先に言ったような裏通りを歩いたり、駄菓子屋の前で立ち留《ど》まったり、乾物屋の乾蝦《ほしえび》や棒鱈《ぼうだら》や湯葉《ゆば》を眺めたり、とうとう私は二条の方へ寺町を下《さが》り、そこの果物屋で足を留《と》めた。ここでちょっとその果物屋を紹介したいのだが、その果物屋は私の知っていた範囲で最も好きな店であった。そこは決して立派な店ではなかったのだが、果物屋固有の美しさが最も露骨に感ぜられた。果物はかなり勾配の急な台の上に並べてあって、その台というのも古びた黒い漆塗《うるしぬ》りの板だったように思える。何か華やかな美しい音楽の快速調《アッレグロ》の流れが、見る人を石に化したというゴルゴンの鬼面――的なものを差しつけられて、あんな色彩やあんなヴォリウムに凝《こ》り固まったというふうに果物は並んでいる。青物もやはり奥へゆけばゆくほど堆《うず》高く積まれている。――実際あそこの人参葉《にんじんば》の美しさなどは素晴《すば》しかった。それから水に漬《つ》けてある豆だとか慈姑《くわい》だとか。

またそこの家の美しいのは夜だった。寺町通はいったいに賑《にぎや》かな通りで――と言って感じは東京や大阪よりはずっと澄んでいるが――飾窓の光がおびただしく街路へ流れ出ている。それがどうしたわけかその店頭の周囲だけが妙に暗いのだ。もともと片方は暗い二条通に接している街角になっているので、暗いのは当然であったが、その隣家が寺町通にある家にもかかわらず暗かったのが瞭然《はっきり》しない。しかしその家が暗くなかったら、あんなにも私を誘惑するには至らなかったと思う。もう一つはその家の打ち出した廂《ひさし》なのだが、その廂が眼深《まぶか》に冠った帽子の廂のように――これは形容というよりも、「おや、あそこの店は帽子の廂をやけに下げているぞ」と思わせるほどなので、廂の上はこれも真暗なのだ。そう周囲が真暗なため、店頭に点《つ》けられた幾つもの電燈が驟雨《しゅうう》のように浴びせかける絢爛《けんらん》は、周囲の何者にも奪われることなく、ほしいままにも美しい眺めが照らし出されているのだ。裸の電燈が細長い螺旋棒《らせんぼう》をきりきり眼の中へ刺し込んでくる往来に立って、また近所にある鎰屋《かぎや》の二階の硝子《ガラス》窓をすかして眺めたこの果物店の眺めほど、その時どきの私を興がらせたものは寺町の中でも稀《まれ》だった。

その日私はいつになくその店で買物をした。というのはその店には珍しい檸檬《れもん》が出ていたのだ。檸檬などごくありふれている。がその店というのも見すぼらしくはないまでもただあたりまえの八百屋に過ぎなかったので、それまであまり見かけたことはなかった。いったい私はあの檸檬が好きだ。レモンエロウの絵具をチューブから搾り出して固めたようなあの単純な色も、それからあの丈《たけ》の詰まった紡錘形の恰好《かっこう》も。――結局私はそれを一つだけ買うことにした。それからの私はどこへどう歩いたのだろう。私は長い間街を歩いていた。始終私の心を圧えつけていた不吉な塊がそれを握った瞬間からいくらか弛《ゆる》んで来たとみえて、私は街の上で非常に幸福であった。あんなに執拗《しつこ》かった憂鬱が、そんなものの一顆《いっか》で紛らされる――あるいは不審なことが、逆説的なほんとうであった。それにしても心というやつはなんという不可思議なやつだろう。

その檸檬の冷たさはたとえようもなくよかった。その頃私は肺尖《はいせん》を悪くしていていつも身体に熱が出た。事実友達の誰彼《だれかれ》に私の熱を見せびらかすために手の握り合いなどをしてみるのだが、私の掌が誰のよりも熱かった。その熱い故《せい》だったのだろう、握っている掌から身内に浸み透ってゆくようなその冷たさは快いものだった。

私は何度も何度もその果実を鼻に持っていっては嗅《か》いでみた。それの産地だというカリフォルニヤが想像に上って来る。漢文で習った「売柑者之言」の中に書いてあった「鼻を撲《う》つ」という言葉が断《き》れぎれに浮かんで来る。そしてふかぶかと胸一杯に匂やかな空気を吸い込めば、ついぞ胸一杯に呼吸したことのなかった私の身体や顔には温い血のほとぼりが昇って来てなんだか身内に元気が目覚めて来たのだった。……

実際あんな単純な冷覚や触覚や嗅覚や視覚が、ずっと昔からこればかり探していたのだと言いたくなったほど私にしっくりしたなんて私は不思議に思える――それがあの頃のことなんだから。

私はもう往来を軽やかな昂奮に弾んで、一種誇りかな気持さえ感じながら、美的装束をして街を濶歩《かっぽ》した詩人のことなど思い浮かべては歩いていた。汚れた手拭の上へ載せてみたりマントの上へあてがってみたりして色の反映を量《はか》ったり、またこんなことを思ったり、

――つまりはこの重さなんだな。――

その重さこそ常《つね》づね尋ねあぐんでいたもので、疑いもなくこの重さはすべての善いものすべての美しいものを重量に換算して来た重さであるとか、思いあがった諧謔心《かいぎゃくしん》からそんな馬鹿げたことを考えてみたり――なにがさて私は幸福だったのだ。

どこをどう歩いたのだろう、私が最後に立ったのは丸善の前だった。平常あんなに避けていた丸善がその時の私にはやすやすと入れるように思えた。

「今日は一《ひと》つ入ってみてやろう」そして私はずかずか入って行った。

しかしどうしたことだろう、私の心を充たしていた幸福な感情はだんだん逃げていった。香水の壜にも煙管《きせる》にも私の心はのしかかってはゆかなかった。憂鬱が立て罩《こ》めて来る、私は歩き廻った疲

労が出て来たのだと思った。私は画本の棚の前へ行ってみた。画集の重たいのを取り出すのさえ常に増して力が要るな！　と思った。しかし私は一冊ずつ抜き出してはみる、そして開けてはみるのだが、克明にはぐってゆく気持はさらに湧いて来ない。しかも呪われたことにはまた次の一冊を引き出して来る。それも同じことだ。それでいて一度バラバラとやってみなくては気が済まないのだ。それ以上は堪《たま》らなくなってそこへ置いてしまう。以前の位置へ戻すことさえできない。私は幾度もそれを繰り返した。とうとうおしまいには日頃から大好きだったアングルの橙色《だいだいろ》の重い本までなおいっそうの堪《た》えがたさのために置いてしまった。――なんという呪われたことだ。手の筋肉に疲労が残っている。私は憂鬱になってしまって、自分が抜いたまま積み重ねた本の群を眺めていた。

以前にはあんなに私をひきつけた画本がどうしたことだろう。一枚一枚に眼を晒《さら》し終わって後、さてあまりに尋常な周囲を見廻すときのあの変にそぐわない気持を、私は以前には好んで味わっていたものであった。……

「あ、そうだそうだ」その時私は袂《たもと》の中の檸檬《れもん》を憶い出した。本の色彩をゴチャゴチャに積みあげて、一度この檸檬で試してみたら。「そうだ」

私にまた先ほどの軽やかな昂奮が帰って来た。私は手当たり次第に積みあげ、また慌《あわただ》しく潰し、また慌しく築きあげた。新しく引き抜いてつけ加えたり、取り去ったりした。奇怪な幻想的な城が、そのたびに赤くなったり青くなったりした。

やっとそれはでき上がった。そして軽く跳りあがる心を制しながら、その城壁の頂きに恐る恐る檸檬《れもん》を据えつけた。そしてそれは上出来だった。

見わたすと、その檸檬の色彩はガチャガチャした色の階調をひっそりと紡錘形の身体の中へ吸収してしまって、カーンと冴えかえっていた。私は埃《ほこり》っぽい丸善の中の空気が、その檸檬の周囲だけ変に緊張しているような気がした。私はしばらくそれを眺めていた。

不意に第二のアイディアが起こった。その奇妙なたくらみはむしろ私をぎょっとさせた。

――それをそのままにしておいて私は、なに喰《く》わぬ顔をして外へ出る。――

私は変にくすぐったい気持がした。「出て行こうかなあ。そうだ出て行こう」そして私はすたすた出て行った。

変にくすぐったい気持が街の上の私を微笑《ほほえ》ませた。丸善の棚へ黄金色に輝く恐ろしい爆弾を仕掛けて来た奇怪な悪漢が私で、もう十分後にはあの丸善が美術の棚を中心として大爆発をするのだったらどんなにおもしろいだろう。

私はこの想像を熱心に追求した。「そうしたらあの気詰まりな丸善も粉葉《こっぱ》みじんだろう」

そして私は活動写真の看板画が奇体な趣きで街を彩《いろど》っている京極を下って行った。

南京の基督

芥川龍之介

一

或秋の夜半であつた。南京奇望街《ナンキンきばうがい》の或家の一間には、色の蒼《あを》ざめた支那の少女が一人、古びた卓《テエブル》の上に頬杖をついて、盆に入れた西瓜《すゐくわ》の種を退屈さうに噛み破つてゐた。

卓《テエブル》の上には置きランプが、うす暗い光を放つてゐた。その光は部屋の中を明くすると云ふよりも、寧《むし》ろ一層陰欝な効果を与へるのに力があつた。壁紙の剥《は》げかかつた部屋の隅には、毛布のはみ出した籐《とう》の寝台が、埃臭さうな帷《とばり》を垂らしてゐた。それから卓《テエブル》の向うには、これも古びた椅子が一脚、まるで忘れられたやうに置き捨ててあつた。が、その外は何処を見ても、装飾らしい家具の類なぞは何一つ見当らなかつた。

少女はそれにも関らず、西瓜の種を噛みやめては、時々涼しい眼を挙げて、卓の一方に面した壁をぢつと眺めやる事があつた。見ると成程その壁には、すぐ鼻の先の折れ釘に、小さな真鍮《しんちゆう》の十字架がつつましやかに懸つてゐた。さうしてその十字架の上には、稚拙《ちせつ》な受難の基督《キリスト》が、高々と両腕をひろげながら、手ずれた浮き彫の輪廓を影のやうにぼんやり浮べてゐた。少女の眼はこの耶蘇《ヤソ》を見る毎に、長い睫毛《まつげ》の後の寂しい色が、一瞬間何処《どこ》かへ見えなくなつて、その代りに無邪気な希望の光が、生き生きとよみ返つてゐるらしかつた。が、すぐに又視線が移ると、彼女は必《かならず》吐息を洩らして、光沢《つや》のない黒繻子《くろじゆす》の上衣の肩を所在なささうに落しながら、もう一度盆の西瓜の種をぽつりぽつり噛み出すのであつた。

少女は名を宋金花《そうきんくわ》と云つて、貧しい家計を助ける為に、夜々《よなよな》その部屋に客を迎へる、当年十五歳の私窩子《しくわし》であつた。秦淮《しんわい》に多い私窩子の中には、金花程の容貌の持ち主なら、何人でもゐるのに違ひなかつた。が、金花程気立ての優しい少女が、二人とこの土地にゐるかどうか、それは少くとも疑問であつた。彼女は朋輩の売笑婦と違つて、嘘もつかなければ我儘《わがまま》も張らず、夜毎に愉快さうな微笑を浮べて、この陰欝な部屋を訪れる、さまざまな客と戯れてゐた。さうして彼等の払つて行く金が、稀に約束の額より多かつた時は、たつた一人の父親を、一杯でも余計好きな酒に飽かせてやる事を楽しみにしてゐた。

かう云ふ金花の行状は、勿論彼女が生れつきにも、拠つてゐるのに違ひなかつた。しかしまだその外に何か理由があるとしたら、それは金花が子供の時から、壁の上の十字架が示す通り、歿《な》くなつた母親に教へられた、羅馬加特力教《ロオマカトリックけう》の信仰をずつと持ち続けてゐるからであつた。

――さう云へば今年の春、上海《シャンハイ》の競馬を見物かたがた、南部支那の風光を探りに来た、若い日本の旅行家が、金花の部屋に物好きな一夜を明かした事があつた。その時彼は葉巻を啣《くは》へて、洋服の膝に軽々と小さな金花を抱いてゐたが、ふと壁の上の十字架を見ると、不審らしい顔をしながら、

「お前は耶蘇教徒かい。」と、覚束《おぼつか》ない支那語で話しかけた。

「ええ、五つの時に洗礼を受けました。」

「さうしてこんな商売をしてゐるのかい。」

彼の声にはこの瞬間、皮肉な調子が交つたやうであつた。が、金花は彼の腕に、鴉髻《あけい》の頭を凭《もた》せながら、何時もの通り晴れ晴れと、糸切歯の見える笑を洩らした。

「この商売をしなければ、阿父様《おとうさん》も私も餓ゑ死をしてしまひますから。」

「お前の父親は老人なのかい。」

「ええ——もう腰も立たないのです。」

「しかしだね、——しかしこんな稼業をしてゐたのでは、天国に行かれないと思やしないか。」

「いいえ。」

金花はちよいと十字架を眺めながら、考深さうな眼つきになつた。

「天国にいらつしやる基督様は、きつと私の心もちを汲みとつて下さると思ひますから。——それでなければ基督様は姚家巷《えうかかう》の警察署の御役人も同じ事ですもの。」

若い日本の旅行家は微笑した。さうして上衣の隠しを探ると、翡翠《ひすゐ》の耳環を一双《さう》出して、手づから彼女の耳へ下げてやつた。

「これはさつき日本へ土産《みやげ》に買つた耳環だが、今夜の記念にお前にやるよ。」——

金花は始めて客をとつた夜から、実際かう云ふ確信に自ら安んじてゐたのであつた。

所が彼是《かれこれ》一月ばかり前から、この敬虔《けいけん》な私窩子《しくわし》は不幸にも、悪性の楊梅瘡《やうばいさう》を病む体になつた。これを聞いた朋輩の陳山茶《ちんさんさ》は、痛みを止めるのに好いと云つて、鴉片酒《あへんしゆ》を飲む事を教へてくれた。その後又やはり朋輩の毛迎春《まうげいしゆん》は、彼女自身が服用した汞藍丸《こうらんぐわん》や迦路米《かろまい》の残りを、親切にもわざわざ持つて来てくれた。が、金花の病はどうしたものか、客をとらずに引き籠つてゐても、一向快方には向はなかつた。

するとある日陳山茶が、金花の部屋へ遊びに来た時に、こんな迷信じみた療法を尤《もつと》もらしく話して聞かせた。

「あなたの病気は御客から移つたのだから、早く誰かに移し返しておしまひなさいよ。さうすればきつと二三日中に、よくなつてしまふのに違ひないわ。」

金花は頬杖《ほほづゑ》をついた儘、浮かない顔色を改めなかつた。が、山茶の言葉には多少の好奇心を動かしたと見えて、

「ほんたう?」と、軽く聞き返した。

「ええ、ほんたうだわ。私の姉さんもあなたのやうに、どうしても病気が癒《なほ》らなかつたのよ。それでも御客に移し返したら、ぢきによくなつてしまつたわ。」

「その御客はどうして?」

「御客はそれは可哀さうよ。おかげで目までつぶれたつて云ふわ。」

山茶が部屋を去つた後、金花は独り壁に懸けた十字架の前に跪《ひざまづ》いて、受難の基督を仰ぎ見ながら、

熱心にかう云ふ祈祷《きたう》を捧げた。

「天国にいらつしやる基督様。私は阿父様《おとうさま》を養ふ為に、賤《いや》しい商売を致して居ります。しかし私の商売は、私一人を汚す外には、誰にも迷惑はかけて居りません。ですから私はこの儘死んでも、必《かならず》天国に行かれると思つて居りました。けれども唯今の私は、御客にこの病を移さない限り、今までのやうな商売を致して参る事は出来ません。して見ればたとひ餓ゑ死をしても、――さうすればこの病も、癒るさうでございますが、――御客と一つ寝台に寝ないやうに、心がけねばなるまいと存じます。さもなければ私は、私どもの仕合せの為に、怨《うら》みもない他人を不仕合せに致す事になりますから。しかし何と申しても、私は女でございます。いつ何時《なんどき》どんな誘惑に陥らないものでもございません。天国にいらつしやる基督様。どうか私を御守り下さいまし。私はあなた御一人の外に、たよるもののない女でございますから。」

かう決心した宋金花は、その後山茶や迎春にいくら商売を勧められても、剛情に客をとらずにゐた。又時々彼女の部屋へ、なじみの客が遊びに来ても、一しよに煙草でも吸ひ合ふ外に、決して客の意に従はなかつた。

「私は恐しい病気を持つてゐるのです。側へいらつしやると、あなたにも移りますよ。」

それでも客が酔つてでもゐて、無理に彼女を自由にしようとすると、金花は何時もかう云つて、実際彼女の病んでゐる証拠を示す事さへ憚《はばか》らなかつた。だから客は彼女の部屋には、おひおひ遊びに来ないやうになつた。と同時に又彼女の家計も、一日毎に苦しくなつて行つた。……

今夜も彼女はこの卓《テエブル》に倚《よ》つて、長い間ぼんやり坐つてゐた。が、不相変《あひかはらず》彼女の部屋へは、客の来るけはひも見えなかつた。その内に夜は遠慮なく更《ふ》け渡つて、彼女の耳にはひる音と云つては、唯何処《どこ》かで鳴いてゐる蟋蟀《こほろぎ》の声ばかりになつた。のみならず火の気のない部屋の寒さは、床に敷きつめた石の上から、次第に彼女の鼠繻子《ねずみじゆす》の靴を、その靴の中の華奢《きやしや》な足を、水のやうに襲つて来るのであつた。

金花はうす暗いランプの火に、さつきからうつとり見入つてゐたが、やがて身震ひを一つすると翡翠《ひすゐ》の輪の下つた耳を掻いて、小さな欠伸《あくび》を噛み殺した。すると殆《ほとんど》その途端に、ペンキ塗りの戸が勢よく開いて、見慣《みな》れない一人の外国人が、よろめくやうに外からはひつて来た。その勢が烈しかつたからであらう。卓《テエブル》の上のランプの火は、一しきりぱつと燃え上つて、妙に赤々と煤《すす》けた光を狭い部屋の中に漲《みなぎ》らせた。客はその光をまともに浴びて、一度は卓の方へのめりかかつたが、すぐに又立ち直ると、今度は後へたじろいで、今し方しまつたペンキ塗りの戸へ、どしりと背を凭《もた》せてしまつた。

金花は思はず立ち上つて、この見慣れない外国人の姿へ、呆気《あつけ》にとられた視線を投げた。客の年頃は三十五六でもあらうか。縞目のあるらしい茶の背広に、同じ巾地《きれぢ》の鳥打帽をかぶつた、眼の大きい、顋髯《あごひげ》のある、頬の日に焼けた男であつた。が、唯一つ合点の行かない事には、外国人には違ひないにしても、西洋人か東洋人か、奇体にその見分けがつかなかつた。それが黒い髪の毛を帽の下からはみ出させて、火の消えたパイプを啣《くは》へながら、戸口に立ち塞《ふさが》つてゐる有様は、どう見ても泥酔した通行人が戸までひでもしたらしく思はれるのであつた。

「何か御用ですか。」

金花は稍《やや》無気味な感じに襲《おそ》はれながら、やはり卓《テエブル》の前に立ちすくんだ儘、詰《なじ》るやうにかう尋ねて見た。すると相手は首を振つて、支那語はわからないと云ふ相図をした。それから横啣へにしたパイプを離して、何やら意味のわからない滑《なめら》かな外国語を一言《ひとこと》洩らした。が、今度は金花の方が、卓の上のランプの光に、耳環の翡翠《ひすゐ》をちらつかせながら、首を振つて見せるより外に仕方がなかつた。

客は彼女が当惑らしく、美しい眉をひそめたのを見ると、突然大声に笑ひながら、無造作に鳥打帽を脱ぎ離して、よろよろこちらへ歩み寄つた。さうして卓《テエブル》の向うの椅子へ、腰が抜けたやうに尻を下した。金花はこの時この外国人の顔が、何時何処《いつどこ》と云ふ記憶はないにしても、確に見覚えがあるやうな、一種の親しみを感じ出した。客は無遠慮に盆の上の西瓜の種をつまみながら、と云つてそれを噛むでもなく、じろじろ金花を眺めてゐたが、やがて又妙な手真似まじりに、何か外国語をしやべり出した。その意味も彼女にはわからなかつたが、唯この外国人が彼女の商売に、多少の理解を持つてゐる事は、朧《おぼろ》げながらも推測がついた。

支那語を知らない外国人と、長い一夜を明す事も、金花には珍しい事ではなかつた。そこで彼女は椅子にかけると、殆《ほとんど》習慣になつてゐる、愛想の好い微笑を見せながら、相手には全然通じない冗談《じようだん》などを云ひ始めた。が、客はその冗談がわかるのではないかと疑はれる程、一言二言しやべつては、上機嫌の笑ひ声を挙げながら、前よりも更に目まぐるしく、いろいろな手真似を使ひ出した。

客の吐く息は酒臭かつた。しかしその陶然と赤くなつた顔は、この索寞《さくばく》とした部屋の空気が、明《あか》るくなるかと思ふ程、男らしい活力に溢《あふ》れてゐた。少くともそれは金花にとつては、日頃見慣れてゐる南京の同国人は云ふまでもなく、今まで彼女が見た事のある、どんな東洋西洋の外国人よりも立派であつた。が、それにも関らず、前にも一度この顔を見た覚えのあると云ふ、さつきの感じだけはどうしても、打ち消す事が出来なかつた。金花は客の額に懸つた、黒い捲き毛を眺めながら、気軽さうに愛嬌《あいけう》を振り撒く内にも、この顔に始めて遇《あ》つた時の記憶を、一生懸命に喚《よ》び起さうとした。

「この間肥つた奥さんと一しよに、画舫《ぐわばう》に乗つてゐた人かしら。いやいや、あの人は髪の色が、もつとずつと赤かつた。では秦淮《しんわい》の孔子様の廟《べう》へ、写真機を向けてゐた人かも知れない。しかしあの人はこの御客より、年をとつてゐたやうな心もちがする。さうさう、何時か利渉橋《りせふけう》の側の飯館《はんくわん》の前に、人だかりがしてゐると思つたら、丁度この御客によく似た人が、太い籐《とう》の杖を振り上げて、人力車夫の背中を打つてゐたつけ。事によると、――が、どうもあの人の眼は、もつと瞳が青かつたやうだ。……」

金花がこんな事を考へてゐる内に、不相変《あひかはらず》愉快さうな外国人は、何時かパイプに煙草をつめて、匂の好い煙を吐き出してゐた。それが急に又何とか云つて、今度はおとなしくにやにや笑ふと、片手の指を二本延べて、金花の眼の前へ突き出しながら、?と云ふ意味の身ぶりをした。指二本が二弗《ドル》と云ふ金額を示してゐることは、勿論誰の眼にも明かであつた。が、客を泊めない金花は、器用に西瓜の種を鳴らして、否と云ふ印に二度ばかり、これも笑ひ顔を振つて見せた。すると客は卓《テエブル》の上に横柄な両肘を凭《もた》せた儘、うす暗いランプの光の中に、近々と酔顔をさし延ばして、ぢつと彼女を見守つたが、やがて又指を三本出して、答を待つやうな眼つきをした。

金花はちよいと椅子をずらせて、西瓜の種を含んだ儘、当惑らしい顔になつた。客は確に二弗の金では、彼女が体を任せないと云つたやうに思つてゐるらしかつた。と云つて言葉の通じない彼に、立ち入つた仔細《しさい》をのみこませる事は、到底出来さうにも思はれなかつた。そこで金花は今更のやうに、彼女の軽率を後悔しながら、涼しい視線を外へ転じて、仕方なく更にきつぱりと、もう一度頭を振つて見せた。

所が相手の外国人は、暫《しばら》くうす笑ひを浮べながら、ためらふやうな気色を示した後、四本の指をさし延ばして、何か又外国語をしやべつて聞かせた。途方に暮れた金花は頬を抑へて、微笑する気力もなくなつてゐたが、咄嗟《とつさ》にもうかうなつた上は、何時までも首を振り続けて、相手が思ひ切る時を待つ外はないと決心した。が、さう思ふ内にも客の手は、何か眼に見えないものでも捉へるやうに、とうとう五指とも開いてしまつた。

それから二人は長い間、手真似と身ぶりとの入り交つた押し問答を続けてゐた。その間に客は根気よく、一本づつ指の数を増した揚句、しまひには十弗《ドル》の金を出しても、惜しくないと云ふ意気ごみを示すやうになつた。が、私窩子《しくわし》には大金の十弗も、金花の決心は動かせなかつた。彼女はさつきから椅子を離れて、斜に卓の前へ佇《たたず》んでゐたが、相手が両手の指を見せると、苛立《いらだ》たしさうに足踏みして、何度も続けさまに頭を振つた。その途端にどう云ふ拍子《ひやうし》か、釘に懸つてゐた十字架がはづれて、かすかな金属の音を立てながら、足もとの敷石の上に落ちた。

彼女は慌《あわただ》しい手を延べて、大切な十字架を拾ひ上げた。その時何気なく十字架に彫られた、受難の基督の顔を見ると、不思議にもそれが卓の向うの、外国人の顔と生き写しであつた。

「何でも何処かで見たやうだと思つたのは、この基督様の御顔だつたのだ。」

金花は黒繻子《くろじゆす》の上衣の胸に、真鍮《しんちゆう》の十字架を押し当てた儘、卓を隔てた客の顔へ、思はず驚きの視線を投げた。客はやはりランプの光に、酒気を帯びた顔を火照《ほて》らせながら、時々パイプの煙を吐いては、意味ありげな微笑を浮べてゐた。しかもその眼は彼女の姿へ、――恐らくは白い頸《くび》すぢから、翡翠の環を下げた耳のあたりへ、絶えずさまよつてゐるらしかつた。しかしかう云ふ客の容子《ようす》も、金花には優しい一種の威厳に、充ち満ちてゐるかのやうな心もちがした。

やがて客はパイプを止めると、わざとらしく小首を傾けて、何やら笑ひ声の言葉をかけた。それが金花の心には、殆《ほとんど》巧妙な催眠術師が、被術者の耳に囁《ささや》き聞かせる、暗示のやうな作用を起した。

彼女はあの健気《けなげ》な決心も、全く忘れてしまつたのか、そつとほほ笑んだ眼を伏せて、真鍮の十字架を手まさぐりながら、この怪しい外国人の側へ、羞《はづか》しさうに歩み寄つた。

客はズボンの隠しを探つて、じやらじやら銀の音をさせながら、依然とうす笑ひを浮べた眼に、暫くは金花の立ち姿を好ましさうに眺めてゐた。が、その眼の中のうす笑ひが、熱のあるやうな光に変つたと思ふと、いきなり椅子から飛び上つて、酒の匂のする背広の腕に、力一ぱい金花を抱きすくめた。金花はまるで喪心《さうしん》したやうに、翡翠の耳環の下がつた頭をぐつたりと後へ仰《あふ》向けた儘、しかし蒼白《あをじろ》い頬の底には、鮮《あざやか》な血の色を仄《ほの》めかせて、鼻の先に迫つた彼の顔へ、恍惚《くわうこつ》としたうす眼を注いでゐた。この不思議な外国人に、彼女の体を自由にさせるか、それとも病を移さない為に、彼の接吻を刎《は》ねつけるか、そんな思慮をめぐらす余裕は、勿論何処にも見当らなかつた。金花は髯だらけな客の口に、彼女の口を任せながら、唯燃えるやうな恋愛の歓喜が、始めて知つた恋愛の歓喜が、激しく彼女の胸もとへ、突き上げて来るのを知るばかりであつた。……

二

数時間の後、ランプの消えた部屋の中には、唯かすかな蟋蟀《こほろぎ》の声が、寝台を洩れる二人の寝息に、寂しい秋意を加へてゐた。しかしその間に金花の夢は、埃《ほこり》じみた寝台の帷《とばり》から、屋根の上にある星月夜へ、煙のやうに高々と昇つて行つた。

＊　　＊　　＊

——金花は紫檀《したん》の椅子に坐つて、卓の上に並んでゐる、さまざまな料理に箸《はし》をつけてゐた。燕の巣、鮫《さめ》の鰭《ひれ》、蒸《む》した卵、燻《いぶ》した鯉、豚の丸煮、海参《なまこ》の羹《あつもの》、——料理はいくら数へても、到底数へ尽されなかつた。しかもその食器が悉《ことごとく》、べた一面に青い蓮華《れんげ》や金の鳳凰《ほうわう》を描き立てた、立派な皿小鉢ばかりであつた。

彼女の椅子の後には、絳紗《かうしや》の帷《とばり》を垂れた窓があつて、その又窓の外には川があるのか、静な水の音や櫂《かい》の音が、絶えず此処まで聞えて来た。それがどうも彼女には、幼少の時から見慣れてゐる、秦淮《しんわい》らしい心もちがした。しかし彼女が今ゐる所は、確に天国の町にある、基督の家に違ひなかつた。

金花は時々箸を止めて、卓《テエブル》の周囲を眺めまはした。が、広い部屋の中には、竜の彫刻のある柱だの、大輪の菊の鉢植ゑだのが、料理の湯気に仄めいてゐる外は、一人も人影は見えなかつた。

それにも関らず卓の上には、食器が一つからになると、忽《たちま》ち何処からか新しい料理が、暖な香気を漲《みなぎ》らせて、彼女の眼の前へ運ばれて来た。と思ふと又箸をつけない内に、丸焼きの雉《きじ》なぞが羽搏《はばた》きをして紹興酒《せうこうしゆ》の瓶を倒しながら、部屋の天井へばたばたと、舞ひ上つてしまふ事もあつた。

その内に金花は誰か一人、音もなく彼女の椅子の後へ、歩み寄つたのに心づいた。そこで箸を持つた儘、そつと後を振り返つて見た。すると其処にはどう云ふ訳か、あると思つた窓がなくて、緞子《どんす》の蒲団を敷いた紫檀《したん》の椅子に、見慣れない一人の外国人が、真鍮の水煙管《みづぎせる》を啣《くは》へながら、悠々と腰を下してゐた。

金花はその男を一目見ると、それが今夜彼女の部屋へ、泊りに来た男だと云ふ事がわかつた。が、唯一つ彼と違ふ事には、丁度三日月のやうな光の環が、この外国人の頭の上、一尺ばかりの空に懸つてゐた。その時又金花の眼の前には、何だか湯気の立つ大皿が一つ、まるで卓から湧いたやうに、突然旨《うま》さうな料理を運んで来た。彼女はすぐに箸を挙げて、皿の中の珍味を挾《はさ》まうとしたが、ふと彼女の後にゐる外国人の事を思ひ出して、肩越しに彼を見返りながら、

「あなたも此処へいらつしやいませんか。」と、遠慮がましい声をかけた。

「まあ、お前だけお食べ。それを食べるとお前の病気が、今夜の内によくなるから。」

円光を頂いた外国人は、やはり水煙管を啣へた儘、無限の愛を含んだ微笑を洩らした。

「ではあなたは召上らないのでございますか。」

「私かい。私は支那料理は嫌ひだよ。お前はまだ私を知らないのかい。耶蘇基督《ヤソキリスト》はまだ一度も、支那料理を食べた事はないのだよ。」

南京の基督はかう云つたと思ふと、徐《おもむろ》に紫檀の椅子を離れて、呆気《あつけ》にとられた金花の頬へ、後から優しい接吻を与へた。

＊　＊　＊

天国の夢がさめたのは、既に秋の明け方の光が、狭い部屋中にうすら寒く拡がり出した頃であつた。が、埃臭《ほこりくさ》い帷《とばり》を垂れた、小舸《せうか》のやうな寝台の中には、さすがにまだ生暖い仄かな闇が残つてゐた。そのうす暗がりに浮んでゐる、半ば仰向いた金花の顔は、色もわからない古毛布に、円い括《くく》り顋《あご》を隠した儘、未《いまだ》に眠い眼を開かなかつた。しかし血色の悪い頬には、昨夜の汗にくつついたのか、べつたり油じみた髪が乱れて、心もち明いた唇の隙にも、糯米《もちごめ》のやうに細い歯が、かすかに白々と覗いてゐた。

金花は眠りがさめた今でも、菊の花や、水の音や、雉の丸焼きや、耶蘇基督や、その外いろいろな夢の記憶に、うとうと心をさまよはせてゐた。が、その内に寝台の中が、だんだん明《あか》るくなつて来ると、彼女の快い夢見心にも、傍若無人な現実が、昨夜不思議な外国人と一しよに、この籐の寝台へ上つた事が、はつきりと意識に踏みこんで来た。

「もしあの人に病気でも移したら、――」

金花はさう考へると、急に心が暗くなつて、今朝は再《ふたたび》彼の顔を見るに堪へないやうな心もちがした。が、一度眼がさめた以上、なつかしい彼の日に焼けた顔を何時までも見ずにゐる事は、猶更《なほさら》彼女には堪へられなかつた。そこで暫くためらつた後、彼女は怯《お》づ怯づ眼を開いて、今はもう明くなつた寝台の中を見まはした。しかし其処には思ひもよらず、毛布に蔽はれた彼女の外は、十字架の耶蘇に似た彼は勿論、人の影さへも見えなかつた。

「ではあれも夢だつたかしら。」

垢《あか》じみた毛布を刎《は》ねのけるが早いか、金花は寝台の上に起き直つた。さうして両手に眼を擦《こす》つてから、重さうに下つた帷を掲げて、まだ渋い視線を部屋の中へ投げた。

部屋は冷かな朝の空気に、残酷な位歴々《ありあり》と、あらゆる物の輪廓を描いてゐた。古びた卓《テエブル》、火の消えたランプ、それから一脚は床に倒れ、一脚は壁に向つてゐる椅子、——すべてが昨夜《ゆうべ》の儘であつた。それればかりか現に卓の上には、西瓜の種が散らばつた中に、小さな真鍮の十字架さへ、鈍い光を放つてゐた。金花は眩《まばゆ》い眼をしばたたいて、茫然《ぼうぜん》とあたりを見まはしながら、暫くは取り乱した寝台の上に、寒さうな横坐りを改めなかつた。

「やつぱり夢ではなかつたのだ。」

金花はかう呟《つぶや》きながら、さまざまにあの外国人の不可解な行く方を思ひやつた。勿論考へるまでもなく、彼は彼女が眠つてゐる暇に、そつと部屋を抜け出して、帰つたかも知れないと云ふ気はあつた。しかしあれ程彼女を愛撫した彼が、一言も別れを惜まずに、行つてしまつたと云ふ事は、信じられないと云ふよりも、寧《むし》ろ信じるに忍びなかつた。その上彼女はあの怪しい外国人から、まだ約束の十弗の金さへ、貰ふ事を忘れてゐたのであつた。

「それとも本当に帰つたのかしら。」

彼女は重い胸を抱きながら、毛布の上に脱ぎ捨てた、黒繻子の上衣をひつかけようとした。が、突然その手を止めると、彼女の顔には見る見る内に、生き生きした血の色が拡がり始めた。それはペンキ塗りの戸の向うに、あの怪しい外国人の足音でも聞えた為であらうか。或は又枕や毛布にしみた、酒臭い彼の移り香が、偶然恥しい昨夜の記憶を喚《よ》びさました為であらうか。いや、金花はこの瞬間、彼女の体に起つた奇蹟が、一夜の中に跡方もなく、悪性を極めた楊梅瘡《やうばいさう》を癒《いや》した事に気づいたのであつた。

「ではあの人が基督様だつたのだ。」

彼女は思はず襯衣《したぎ》の儘、転《ころ》ぶやうに寝台を這ひ下りると、冷たい敷き石の上に跪《ひざまづ》いて、再生の主と言葉を交した、美しいマグダラのマリアのやうに、熱心な祈祷を捧げ出した。……

三

翌年の春の或夜、宋金花を訪れた、若い日本の旅行家は再《ふたたび》うす暗いランプの下に、彼女と卓《テエブル》を挾んでゐた。

「まだ十字架がかけてあるぢやないか。」

その夜彼が何かの拍子に、ひやかすやうにかういふと、金花は急に真面目になつて、一夜南京に降《くだ》つた基督が、彼女の病を癒したと云ふ、不思議な話を聞かせ始めた。

その話を聞きながら、若い日本の旅行家は、こんな事を独り考へてゐた。——

「おれはその外国人を知つてゐる。あいつは日本人と亜米利加《アメリカ》人との混血児だ。名前は確か George Murry とか云つたつけ。あいつはおれの知り合ひの路透《ロイテル》電報局の通信員に、基督教を信じてゐる、南京の私窩子《しくわし》を一晩買つて、その女がすやすや眠つてゐる間に、そつと逃げて来たと云ふ話を得意らしく話したさうだ。おれがこの前に来た時には、丁度あいつもおれと同じ上海のホテルに泊つてゐたから、顔だけは今でも覚えてゐる。何でもやはり英字新聞の通信員だと称してゐたが、男振りに似合はない、人の悪るさうな人間だつた。あいつがその後悪性な梅毒から、とうとう発狂してしまつたのは、事によるとこの女の病気が伝染したのかも知れない。しかしこの女は今になつても、ああ云ふ無頼《ぶらい》な混血児を耶蘇基督だと思つてゐる。おれは一体この女の為に、蒙を啓《ひら》いてやるべきであらうか。それとも黙つて永久に、昔の西洋の伝説のやうな夢を見させて置くべきだらうか……」

金花の話が終つた時、彼は思ひ出したやうに燐寸《マッチ》を擦つて、匂の高い葉巻をふかし出した。さうしてわざと熱心さうに、こんな窮した質問をした。

「さうかい。それは不思議だな。だが、——だがお前は、その後一度も煩《わづら》はないかい。」

「ええ、一度も。」

金花は西瓜の種を噛《かじ》りながら、晴れ晴れと顔を輝かせて、少しもためらはずに返事をした。

本篇を草するに当り、谷崎潤一郎氏作「秦淮《しんわい》の一夜」に負ふ所尠《すくな》からず。附記して感謝の意を表す。

（大正九年六月）

豚肉　桃　りんご

片山廣子

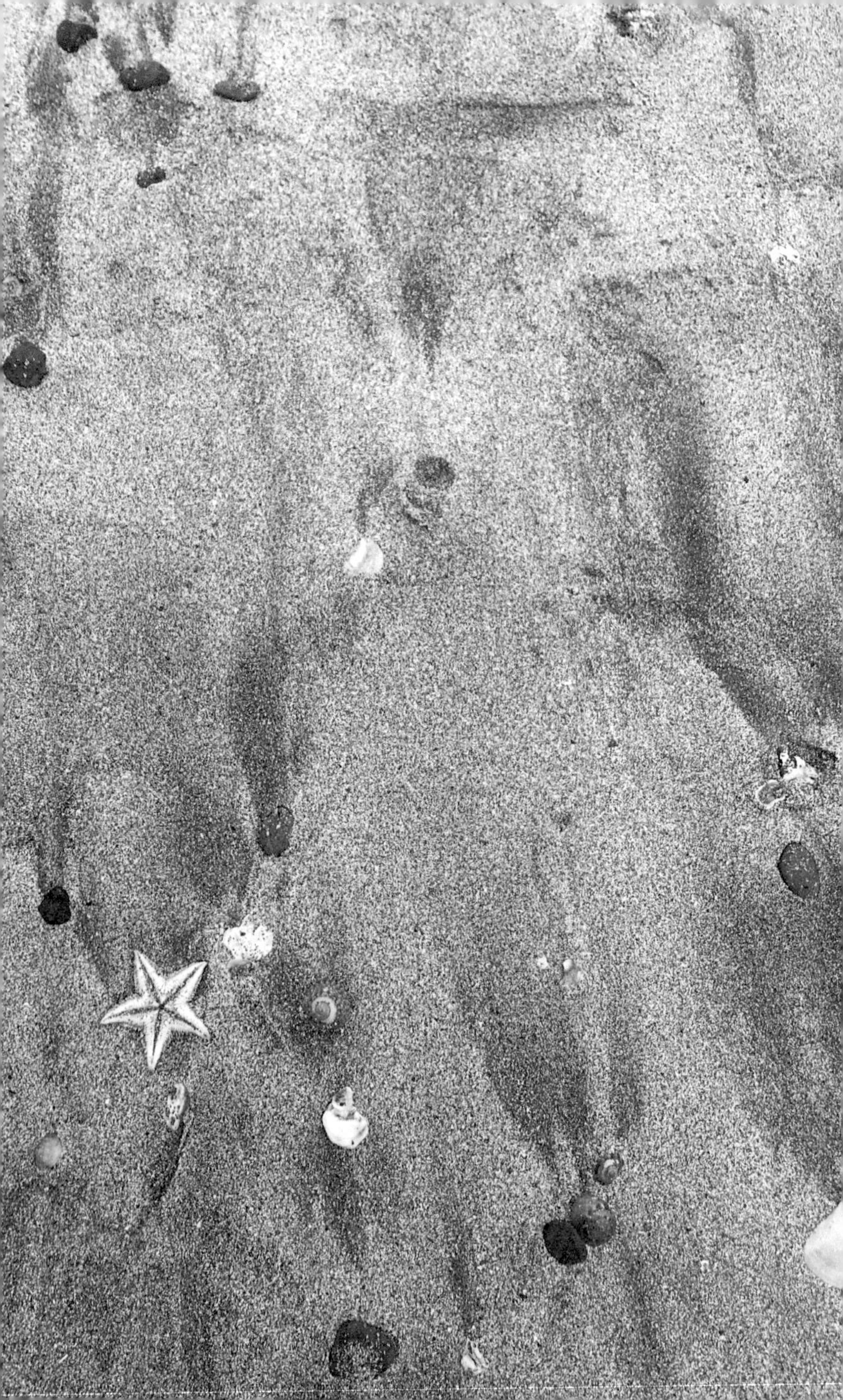

軽井沢の家でＹ夫人から教へて頂いた豚肉のおそうざい料理はさぞおいしいだらうと思ひながら、まだ一度も試食したことがない。（その夏は中国と日本とのあひだが険しい雲ゆきになつた年であつた、しかし私たちはまだ軽井沢に避暑に行くだけの心の余裕をもつてゐた。）それはＹ家の御主人がドイツに留学してをられた時に宿の主婦が自慢に時々こしらへたおそうざい料理だつたさうである。豚肉を三斤位のかたまりに切つて肉のまはりを塩と胡椒でまぶし深い鍋に入れて、葱を三寸ぐらゐの長さに切り肉のまはりに真直ぐに立てて鍋いつぱいにつめ込むのである。水も湯も少しも入れずに葱と肉から出る汁で蒸煮のやうに三時間ぐらゐも煮ると、とろけるやうにやはらかい香ばしい料理ができるといふお話であつた。

その夏その料理を教へていただいて帰京してからの私たち東京人の生活はだんだん乏しくなつて、やがて一斤の肉さへ容易に手に入れがたくなり、葱なぞは四五本も買へれば運がよいと思ふやうになつた。その貧乏生活が十年以上も続いて漸くこのごろはどんな食料でも手に入るやうになつて来たけれど、しかし店々にどんな好い物が出揃つても、大きな買物をすることは今度は私のふところ勘定がゆるさなくなつて、私の家の大きな鍋に三斤の肉の塊りとそれを包む葱を煮ることはまだまだ出来ずにゐる。

軽井沢の家では夏じうよいお菓子を備へて置くことも出来なかつたから、お客さんの時は果物のかんづめをあけることもあつたが、大ていの時は桃をうすく切つて砂糖をかけて少し時間をおいてからそれをお茶菓子にした。水蜜よりも天津桃《てんしんもも》の紅い色が皿と匙にきれいに映つて見えた。半分づつに大きく切つて甘く煮ることもあつたが、天津のなまのものに砂糖と牛乳がかかるとその方が味が柔らかく食べられる。天津《てんしん》は値段も味も水蜜よりは落ちる物とされてゐたが、ふしぎに夏のおやつにはこの方がずつと充実してゐた。戦後になつてからは天津《てんしん》はどこにも見えなくなつたが、惜しいやうに思ふ。T老夫人やH老夫人はそれをとてもおいしがつて食べて下さつた。この夫人方はお若い時からの社交夫人で内外の食通であつたけれど、こんなやうな不断のお八ツはごぞんじなかつたやうに、砂糖でころす時間なぞ悉しく訊かれた。そんなことの後で私はふいと奇妙な感じを持つた。桃をこまかく切つて砂糖をかけて置くことは私の父が好物で、麻布の家のうら畑に一ぽんの桃があつたのが熟すとすぐ採つて小さくきざんで砂糖をかけて私たちみんなで食べた。それは古くからの日本桃で実も小さく、水蜜の熟さないもののやうに青白い色をして、しんに近いところが天津のやうに紅い色だつた。その時分はそんな桃でも、さうして味をつけ加へれば非常においしく、父が外国でさういふ風にして食べなれて来たものと思ひこんで、母に何もそんなことは訊かなかつた。しかし、ひよつとしたら、これは外国風のたべ物でなく、父と母の郷里の埼玉風のたべ方だつたのかもしれない。私の母や婆やなぞは迷信のやうに砂糖の効力を信じて、どんな酸つぱい物でも生水でも砂糖でころせば決してお腹にさわることがないと言つてゐた。おぼんの季節に下町の人たちが訪ねて来ると、まづ第一に深井戸の水を汲んで砂糖水にしてお客にコツプ一杯御馳走した。明治の或る年、コレラが流行した夏でも砂糖水なら大丈夫ですと言つて、どこまでも砂糖の殺菌力を信じてゐたやうである。それゆゑ砂糖でころすといふ言葉もあるひは田舎なまりかもしれない。ころすといふ字を辞書で見ると、「死なせる　命を断つ　圧しつけて小さくする　殺《そ》ぐ　減らす　抑へつけ十分に活動させない　質物を流す」等である。しかし魚を酢でころすといふやうな事はよく聞いてゐるから、あるひは民間にゆるされた言葉であつて、あながち田舎に限つたことでないのかも知れない。これは桃に砂糖をかける話からその歴史に疑ひを持つた私ひとりの内しよ話。

　さて麻布の家の桃の連想から麻布谷町のある仕立屋さんの庭の林檎を思ひ出す。その麻布谷町といふところは今の箪笥町の近辺である、今でもその名の町はあるのだらうが、片側に氷川台の高い崖地があり、向うは霊南坂から市兵衛町につづく高台で、そのあひだに谷の如く横たはるきたないまづしい町で、その時分には溜池の方から六本木に出る今の大道路は影もなかつた。谷町といふ名の現はすやうにそこは陰気な感じの裏町で、自分たちの住む高台の町とは遠い世界のやうに子供心にも思つてゐたが、その町に私の家の仕立物をたのむ母と娘の仕立屋さんがゐた。その辺としては広い家で、古びた格子戸をあけると玄関の二畳があり茶の間の六畳が続いて、その奥に八畳、それから黒びかりする縁側、そのそとはかなり広い庭。三十坪か四十坪ぐらゐの庭にはいろいろな小さい木々が、桃や躑躅やかなめ、椿、藤、それから下草のやうなものがめちやに沢山しげつて、まん中に小さいお池があつた。それは水たまりといふよりはずつと立派なほんとうのお池で、緋鯉か金魚がゐたやうに覚えてゐる。そのお池の向うの、この庭のいちばん端のところに林檎の樹が二本あつて、大切に棚が出来てゐたやうである。古くからの日本りんごであつたから実が小さくて今の紅玉なぞの五分の一にも足りない大きさであつたが、仕立屋のお母さんは大事に大事にして、私なぞ子供のお客が行くとそれを取つて来て、皮をむいて小さく切つて小楊子をつけて出してくれた。この人たちは士族の家の後家と娘で非常にお行儀がよく、その林檎もきれいな青つぽい皿につけておぼんに載せて出したやうだつた。林檎のすつぱいこと、すつぱいこと、泣きたいやうなその味も、さてこの林檎がどんなに珍らしい物であるかをお母さんがうちの婆やさんに幾たびも話してきかせるから、子供ごころに大へん尊いものと思つていただいた。ほかの駄菓子やおせんべいも御馳走になつたのだけれど、ほかの物は何も覚えてゐない、ただ酸つぱい林檎は今でもその仕立屋の家を思ひ出させる。その後家さんと娘は近所の女の子たちに裁縫を教へ仕立物も引受けてほそぼそと静かに暮してゐたのであらうが、満ち足りた、賑やかな、愉しさうなあの態度は今のこの国の内職組に見せたいやうである。あの頃の士族、徳川様の御直参といふ人たちは何か後に反射する過去の光をひきずつてゐたやうで、悲しく優美な背景は現代の斜陽族の比ではなかつた。洗ひ張りした黒つぽい縞のはんてんと縞の前掛、浅黄や紫の小ぎれを縫ひ合せたたすき、そんなつつましさと落着は今日でも思ひ出される。質素に愉しく生きるすべをよく知つてゐた彼等である。

仕立屋さんの背後の丘、つまり氷川台の方はすばらしく名家ぞろひの丘で、N男爵の一万坪以上もある別邸、A海軍中将の明るい洋風の屋敷、その隣りもS子爵の別邸、たつた三軒の家で何万坪かの面積をしめてゐた。そこを通り越すと右へ谷町の方に下りる坂、左へ折れると屋敷町で勝伯爵や九條公爵の家々があつたが、今そんなところまで私は行くのではない。A海軍中将の家のことである。A中将は軍人ながら大変な金持で下町の神田日本橋辺にも沢山の土地を持つてゐるといふ噂であつた、もう疾くに隠居して西洋の軍人みたいにのびのび暮してゐるのだつたが、屋敷の一部を割いて立派な西洋館で外人向きの大きな貸家を二軒ほど持つてゐて、内外の名士に貸してゐたらしいが、私が思ひ出すのは、或る時イギリスの詩人サア・エドウィン・アーノルドが日本に来てその家にしばらくゐたことである。詩人は令嬢を連れてゐた。

その時分（仕立屋にお使に行つた頃よりずつと後のことである）私のゐた女学校はカナダ人が建てたものだから、当時イギリス第一といわれてゐた詩人に講演を頼んだ。私たち子供は何も分らず、ただ有名な詩人と聞いてどんなにスマートな人だらうと内々期待して講堂に出てみると、もう好いかげんなをぢさん顔の人で（五十代であつたらうと思ふ）背があまり高くはなく、顔はどことなくロシヤ人のやうな厚みがあつた。講演なんぞしたところで十七八をかしらの女学生に分りつこないのだから、詩人は自作の詩を読んだ。私たちにわかるのは一節一節のをはりに「ハナガサイタ、ハナガサイタ」といふ日本の言葉だけであつた。猫に小判といつたやうに、もつたいないけれど何も分らなかつたが、それでも、今でもその「ハナガサイタ」を覚えてゐるのはふしぎである。やはり、詩人の好い言葉であつたのだらう。

詩人はずつと前に夫人を亡くして独身であつた。詩人の大家さんであるA家の令嬢に恋を感じて日本むすめの彼女を讃美する詩を書いたといふ評判だつたが、どんな詩であるか私たち子供はむろん知らなかつた。詩人がプロポーズしたといふ噂もほんのり聞いたけれど、A令嬢は現代の娘たちとはまるで違つてじつに落ちつき払つた美人であつたから、だれもその噂の真偽を伺ふことはしなかつた。彼女はその時分私と同じ学校の三つぐらゐ上の級であつたが、間もなくそこを止めて上野の音楽学校にかはつた。琴もピヤノもうまかつたが琴の方では作曲もした、後日結婚してから助教授になつて研究を続けてゐたが、夫が実業家としてだんだん多忙な生活をするやうになつて彼女も純粋な家庭人となつたやうに聞いてゐる。さて私のおもひでは軽井沢の豚料理や桃の砂糖漬から飛んで麻布の仕立屋にゆき、仕立屋のうしろの高台まで行つてくたびれたやうである。このつひでに山王様まで行くことにする。

詩人が来た頃よりずつと以前、まだ私が仕立屋のじまんの林檎をたべたり、氷川様の樹かげの茶店で涼みながら駄菓子のすだれやうかんを食べたりしてゐる時代、時たまはそこからずつと遠征して（妹や弟の婆やとお守りさんの同勢五人で）山王様へ遊びに行つたこともある。氷川様より遠方だし、どことなく封建制のきうくつな世界が子供心にも感じられて、私はあまり賛成ではなくても、毎日の氷川様の避暑に倦きて大人たちに誘ひ出されて行くのだつた。今の溜池のあの辺がずつとお池になつてゐて、(その泥水の池にはたぶん蓮が首を出してゐたやうに思ふのだが、はつきりしない)お舟で向うの岸まで渡して貰つた。それもたのしい冒険の一つで、それから麹町の方に向いた表門ではなく、赤坂に向いた裏門からのぼつて行つた。古びた丸木の段々の山みちを幾曲りもまがつてのぼると、上に茶店があつて遠目鏡をみせてくれた。その目鏡で私たちは向うの世界の赤坂や麻布の家々の屋根とその上の青い空も、白い夏雲も覗くことが出来た。それからお宮におさいせんを上げお辞儀をして、静かなつまらない神様だと思つた。お山じう遊んで歩いても氷川様よりは平地がすくないから落着かない感じだつた。星が岡茶寮のあの家がない時分、あそこはただ樹木だけの藪であつたのか、それとも宮司さんの住居があつたのか、何も覚えてゐない。いくつもの茶店のうちの一軒でお茶を飲みおだんごを食べる、婆やさんがおてうもくと呼んでゐる大きい銅貨を二つ三つ出してお菓子をいくつも買ひ、十銭位のお茶代を置いた。それは相当に使ひぶりの好いお客であつたのかもしれない。

帰りには歩きやすい広い段々を下りて表門の麹町の方の小路から帰つて来て泥水のお池のところまでくる。渡し賃を払つてお舟に乗ると船頭さんは棹をうんと突つぱりお舟が出る。ひろい池の向うの岸には大勢の客が舟の着くのを待つてゐて、そして泥水のそこいらじうに蓮の葉があつたやうに覚えてゐる。岸についてから、弟と妹は大人の背中があるけれど私だけはいやいやながら歩いて、今の黒田家の前あたりを通り、箪笥町から谷町をまがつて鹿島《かじま》といふ大きな酒屋の前から右へだらだら坂を上がり、麻布三河台のかどの私の家までたどるのである。ずゐぶんよく歩いたものだとをさないものの小さい足を今あはれに思ひやる。とほい過去はすべて美しく愉しく思ひ出されるといふけれど、私はその暑い日のどうにもならない暑さと倦怠、草臥れて泣きたいやうな不愉快な気分、それを愉しさよりはずつとはつきり思ひ出す、子供の世界は、すくなくとも私には、決して愉快なものではない。ただ一つ、未知の世界に踏み入る一歩二歩に好奇心がむづむづ動いて、それだけが愉しかつた。

鱧・穴子・鰻の茶漬け

北大路魯山人

鱧

茶漬けの中でも、もっとも美味《うま》いもののひとつに、はもの茶漬けがある。これは刺身《さしみ》でやるたい茶漬けと拮抗《きっこう》する美味さだ。洋食の流行する以前の京、大阪の子どもに、「どんなご馳走《ちそう》が好きか」とたずねると、「たい」と「はも」と、必ず答えたものだ。それほど、たいとはもは京阪《けいはん》における代表的な美食だった。

はものいいのは、三州から瀬戸内海にかけて獲《と》れる。従って、今も京阪地方の名物のようになっている。はもは煮ても焼いても蒲鉾《かまぼこ》に摺《す》り潰《つぶ》しても、間違いのないよいさかなである。とりわけ、焼いて食うのが一番美味い。焼きたてならばそれに越したことはないが、焼き冷《ざ》ましのものは、改めて遠火で焙《あぶ》って食べるがよい。要するに、焼いたはもを熱飯《あつめし》の上に載せ、箸《はし》で圧《お》し潰すようにして、飯になじませる。そして、適宜《てきぎ》に醤油《しょうゆ》をかけ、玉露《ぎょくろ》か煎茶《せんちゃ》を充分にかけ、ちょっと蓋《ふた》をする。こうして、一分間ばかり蒸らし、箸で肉をくずしつつ食べるのである。

はもは小味《こあじ》ないい脂肪があるために、味が濃くなく、舌ざわりがすこぶるいい。しかも、やり方が簡単だから、関西人でこの茶漬けを試みない者はなかろう。しかし、東京で試みようとすると、ちょっと容易ではない。なぜなら、今、東京にあるはもは、多く関西から運ばれるので、そうたくさんはない。従来の東京料理には、これを用いることがなかったために、魚屋の手にすら入らないことになっている。東京で、はもを求めようとするには、関西風の一流料理屋によって求めるよりほか仕方があるまい。
それにしても、東京に来ているはもは、関西で食うように美味いわけにはいかぬ。また、東京近海で獲れるはもは、肉がベタベタして論にならぬ。そこで、代用品というのも当たらないかも知れないが、あなごとか、うなぎとかが同じ用に役立つ。

穴子《あなご》

あなごもいろいろ種類があって、羽田《はねだ》、大森に産する本場ものでなくては美味《うま》くない。これも茶漬《ちゃづ》けにするには、その焼き方を関西風にならうがいい。東京のうなぎのたれのように甘いたれではくどくて駄目《だめ》だ。京阪《けいはん》でうなぎに使うような醤油《しょうゆ》に付けて焼くのがいい。それを茶漬けにするには、細かくざくざくに切り、適宜《てきぎ》に熱飯《あつめし》の上に載せ、例のように醤油をかけて茶をかける。

これも、ややはもに似た風味があって美味い。しかし、はもと違って、あなごでもうなぎでも少々臭《くさ》みがあるから、すりしょうが、または粉山椒《こなざんしょう》を、茶をかける前に、箸《はし》の先にちょっと付けるくらい入れた方がいい。

あなごの美味いのは、堺近海《さかい》が有名だ。東京のはいいといっても、関西ものに較《くら》べて調子が違う。焼くには堺近海のがよく、煮るとか、てんぷらとかには東京のがいい。

鰻《うなぎ》

次ぎはうなぎだが、この場合のうなぎは宵越《よいご》し、例えば翌日に残ったものの、焼き冷《ざ》ましを利用していい。この時は、醤油を付けて一ぺん火に焙《あぶ》る必要がある。本来は江戸前《えどまえ》風に蒸しにかけないで、関西風に直《じか》に焼くがいい。醤油のたれを甘くしないで、直焼きにしたものの方が茶漬けには適する。

直焼きのうなぎは、もとより、肉や皮が多少はかたいけれど、茶漬けの時はあつい茶をかけて、しばし、蓋《ふた》をするために直焼きであっても、すぐ皮がほとびて、結構やわらかくなる。

うなぎもクセの激しいものだから、茶漬けに用いるようなのは、よほど材料を選択しないと美味くない。第一、養殖うなぎはなんとしてもいけない。これはクセの有無《うむ》にかかわらず、やわらかいだけが特徴で、決して美味いものではない。かといって、天然のうなぎが必ずしもいいとはいえない。これはうなぎの項で述べた通りである。

要するに、はも、あなご、うなぎの茶漬けを美味く食べようというようなことは、もとよりぜいたくな欲望であり、これを賞味する味覚の働きもデリケートなものであるから、これを志すほどの者は、材料のよしあしを充分注意してかからなくてはならぬ。

なお、はも、あなごの材料選択の際、馬鹿に大きいのは買わないように注意することである。焼き上がりの幅が、せいぜい一寸から一寸五分以下のものにかぎる。

大きいのはなんに用いても、大味《おおあじ》で駄目《だめ》なものだ。うなぎの大串《おおぐし》はまだしも、あなごの大串に至っては、絶対におもしろくない。

鰻の話

北大路魯山人

LINDOR

私は京都に生まれ、京都で二十年育ったために、京、大阪に詳しい。その後、東京に暮して東京も知るところが多い。従って批判する場合、依怙贔屓《えこひいき》がないといえよう。うなぎの焼き方についても、東京だ大阪だと片意地《かたいじ》はいわないが、まず批判してみよう。

夏の季節は、どこも同じように、一般にうなぎに舌をならす。従ってうなぎ談義が随所《ずいしょ》に花を咲かせる。うなぎ屋もこの時とばかり「土用の丑《うし》の日にうなぎを食べれば健康になる」とか「夏やせが防げる」とかいって、宣伝にいとまがない。

一般的に、食欲の著しく減退しているこの時期に、うなぎがもてはやされるというのは、うなぎが特別扱いに価《あたい》する美味食品であることに由来しているようだ。だが、ひと口にうなぎといっても、多くの種類があり、良否があるので、頭っからうなぎを「特別に美味《うま》いもの」と、決めてかかるのはどうだろうか。

ここで私のいわんとする美味いうなぎとは、いわゆる良質うなぎを指すのである。「美味い」ということは、良質のものにのみいえることであって、食べてみて不味《まず》いうなぎをよいうなぎとはいわないだろう。その上、不味いものは栄養価も少ないし、食べても跳び上がるような心のよろこびを得ることができない。また、同じ種類のものでも、大きさや鮮度のいかんによって、美味さが異なるから、うなぎという名前だけでは、美味いとか栄養価があるとかいう標準にはなるまい。

うなぎは匂《にお》いを嗅《か》いだだけでも飯《めし》が食えると下人《げにん》はいうくらいだから、なるほど、特に美味いものにはちがいない。人々の間では、「どこそこのうなぎがよい」というようなお国びいきもあるし、土地土地の自慢話も聞かされるが、東京の魚河岸《うおがし》、京阪《けいはん》の魚市場に代表的なものがある。素人《しろうと》ではうなぎの良否の判別は困難だが、うなぎ屋は商売柄よく知っているので、適当な相場がつけてある。従ってよいうなぎ、美味いうなぎは、大方《おおかた》とびきり値段が高い。美味さの点をひと口にいえば、もちろん、養殖うなぎより天然うなぎの方が美味である。そのいわれは、季節、産地、河川によって生ずる。

「何月頃はどこそこの川のがよい」「何月頃はどこそこの海だ」というように、季節や場所によって、その美味《うま》さが説明される。このことはうなぎの住んでいる海底なり、餌《えさ》なりがかわるからなのであって、うなぎは絶えずカンをはたらかし、餌を追って移動しているようだ。

彼らの本能的な嗅覚《きゅうかく》は、常に好餌《こうじ》のある場所を嗅《か》ぎ当てる。好餌を発見すると、得たりとばかりごっそり移動し、食欲を満足させる。彼らが最も好む餌を充分に食っている時が、我々がうなぎを食って一番美味いと感ずる時で、この点はうなぎにかぎらず、あらゆるものについても同様に解明できよう。

例えば、つばめだってそうだ。世間では相当のインテリでさえ、つばめの移動を「寒さからのがれるために暖地へおもむく」と子どもたちに教えているようだが、それは少々誤りである。事実は、彼らの露命《ろめい》をつなぐ食糧、すなわち、昆虫がいなくなるからであって、つばめにしてみれば、食を得るための移動なのである。南へ行かねば彼らのくらしがたたない。自己保存のために餌を求めて移動することは、つばめのみならず、動物の本能といってよいだろう。うなぎの移動も自然の理法である。

ところで、あのひょろ長い、無心（？）の魚どもが、住みなれた河川の餌を食いつくしてしまうと、次へ引越しを開始する。海底の餌がある間はそこに留まっているが、食べつくしてしまうと、ふたたび他へ移行する。六郷《ろくごう》川がよいとか、横浜本牧《ほんもく》がよいとかいうのは、以上の理由によるもので、どこそこのうなぎというものも、移動先の好餌のあるところを指すわけだ。

養殖うなぎのように餌をやって育てたものでも、土地や池によって非常な差異が生じている。つくられたものでさえ差異が生じるというのは、一に水のせいもあるし、海から入り込む潮の関係も考えられる。が、なんといっても問題なのは飼料である。飼料によって、うなぎの質に良否の差異が生じて来る。養殖うなぎでも適餌《てきじ》をやれば美味いうなぎになるだろう。だが、うなぎ養殖者は、とかく経済面のみ考えて、できるだけ安価な餌で太らせようとばかり考え、いきおい質が天然うなぎから遠ざかりすぎるのである。経済ということも一理ではあるが、かといって、いくら金をかけたところで、所詮《しょせん》、人間はうなぎの大好物がなんであるかを知ることは困難のようである。

餌のことをもっとはっきりさせるために、すっぽんを例にとろう。すっぽんの好物は、あさりやその他の小さな、やわらかな貝類である。一枚歯のすっぽんの大腸をみると分るが、彼らは貝を好んで食うために腸内部が貝類で埋っている。だが、すっぽん養殖者は、彼らにその嗜好物《しこうぶつ》を供給してやるのには費用が高くつくので、代わりににしんを食わせる頃がある。すると、いつの間にかすっぽんにもにしんの匂《にお》い、味がして、貝だけを餌《えさ》にしていた時のような美味《うま》さが失われて来る。このように餌ひとつで極端にまですっぽんの質に影響があることは見逃せない。

同じように養殖うなぎでもよい餌を食べている時は美味いし、天然のうなぎでも彼らの好む餌にありつけなかった時は、必ずしも美味くはないといえる。要は餌次第である。天然にこしたことはないが、養殖の場合でも、それに近いものが望まれる。

ところで、現在市販のものでは、天然うなぎはごくわずかしか使用されておらず、ほとんど養殖うなぎばかりといってよい。天然うなぎがいないからではなく、それを獲《と》るのに人件費がかかるからで、問題は商魂《しょうこん》にある。養殖うなぎの値が天然のそれに比して高ければ、一般の人々は手を出さないであろうし、従って、おのずと天然うなぎが繁昌《はんじょう》する結果となる。養殖の場合は先述したように、うなぎが太っていればよいのであるし、形ができていれば商売になる。味覚をなおざりにしているわけではなかろうが、どうしても二義的に考えられがちだ。現今《げんこん》では、うなぎといえば養殖うなぎが通り相場になっているほどである。東京では五、六軒だけ天然うなぎを使用しているが、京、大阪は皆無《かいむ》。中には両方を混ぜて食わせる店もある。

一方、天然うなぎは餌が天然という特質があるために、概《がい》して美味いと考えてよい。もちろん良否はあるが。養殖うなぎにもとりわけ美味いものがあるが、よほどよいうなぎ屋に行かなければぶつからない。

最後に、うなぎはいつ頃がほんとうに美味いかというと、およそ暑さとは対照的な一月寒中の頃のようである。だが、妙なもので寒中はよいうなぎ、美味いうなぎがあっても、盛夏《せいか》のころのようにうなぎを食いたいという要求が起こらない。美味いと分っていても人間の生理が要求しない。しかし、盛夏のうだるような暑さの中では、冬ほどうなぎは美味ではないけれど、食いたいとの欲求がふつふつと湧《わ》き起こって来る。これは多分、暑さに圧迫された肉体が渇したごとく要求するせいであって、夏一般にうなぎが寵愛《ちょうあい》されるゆえんも、ここにあるのであろう。もちろん、一面には土用の丑《うし》の日にうなぎと、永い間の習慣のせいもあろう。

牛肉の場合は、冬でも肉体の要求を感ずるが、うなぎ、小形のまぐろなどは夏の生理が要求を呼ぶもののようだ。皮鯨《ひげい》（鯨肉《げいにく》の皮に接した脂肪の部分）は夏季非常に美味《うま》いけれども、冬は一向に食う気がしない。要するにこれらは、人間の生理と深い関係があるといえよう。

私の体験からいえば、うなぎを食うなら、毎日食っては倦《あ》きるので、三日に一ぺんぐらい食うのがよいだろう。美味の点からいって、養殖法がもっと進歩して、よいうなぎ、美味いうなぎで心楽しませて欲しいものである。

参考までに、うなぎ屋としての一流の店を挙げると、小満津《こまつ》や竹葉亭《ちくようてい》、大黒屋《だいこくや》などがある。現代的なものに風流風雅を取り入れた、感じのよい店といえよう。中でも先代竹葉の主人は名画が非常に好きで、とりわけ琳《りん》派の蒐集《しゅうしゅう》があって、今日特にやかましくいわれている宗達《そうたつ》、光琳《こうりん》のものなど数十点集めておったほどの趣味家で、この点だけでも大したものであった。今なお竹葉の店に風格があるのは、そのためである。

美を知るものは、たとえ商売が何屋であっても、どこかそれだけちがうものがある。

次にうなぎの焼き方であるが、地方の直焼《じかや》き、東京の蒸し焼き、これは一も二もなく東京の蒸し焼きがよい。

水郷異聞

田中貢太郎

一

山根省三は洋服を宿の浴衣に着替へて投げ出すやうに疲れた体を横に寝かし、片手で肱枕をしながら煙草を飲みだした。その朝東京の自宅を出てから十二時過ぎに到着してみると、講演の主催者や土地の有志が停車場に待つてゐてこの旅館に案内するので、ひと休みした上で、二時から開催した公会堂の半数以上は若い男女からなつた聴講者に向つて、三時間近く、近代思想に関する講演をやつた若い思想家は、その夜の八時頃にも十一時頃にも東京行きの汽車があつたが、一泊して雑誌へ書くことになつてゐる思想を纏めようと思つて、せめて旅館までゞも送らうと云ふ主催者を無理から謝絶り、町の中を流れた泥溝の蘆の青葉に夕陽の顫へてゐるのを見ながら帰つて来たところであつた。

それは静かな夕暮であつた。ゆつくりゆつくりと吹かす煙草の煙が白い円い輪をこしらへて、それが窓の障子の方へ上斜に繋がつて浮いて行つた。その障子には黄色な陽光がからまつて生物のやうにちら／＼と動いてゐた。省三はその日公会堂で話した恋愛に関する議論を思ひ浮べてそれを吟味してゐた。彼が雑誌へ書かうとするのは某博士の書いた『恋愛過重の弊』と云ふ論文に対する反駁であつた。

「御飯を持つてまいりました、」

女中の声がするので省三は眼をやつた。二十歳ぐらいの受け持ちの女中が膳を持つて来てゐた。

「飯か、たべよう、」

省三は眼の前にある煙草盆へ煙草の吸い殻を差してから起きあがつたが、脇の下に敷いてゐた蒲団に気が付いてそれを持つて膳の前へ行つた。

「御酒は如何でございます、」

女中は廊下まで持つて来てあつた黒い飯鉢と鉄瓶を取つて来たところであつた。

「私は酒を飲まない方でね、」

省三はかう云ふてから白い赤味を帯びた顔で笑つてみせた。

「それでは、すぐ、」

女中は飯をついで出した。省三はそれを受け取つて食ひながらこんな世間的なことはつまらんことだが、こんな場合に酒の一合でも飲めると賑みのある食事が出来るだらうと思ひ思ひ箸を動かした。

「今日は長いこと御演説をなされたさうで、お疲れでございませう、」

その女中の声と違つた暗い親しみのある声が聞えた。省三は喫驚して箸を控へた。其所には女中の顔があるばかりで他に何人もゐなかつた。

「今、何人かが何か云つたかね、」

女中は不思議さうに省三の顔を見詰めた。

「何んとも、何人も云はないやうですが、」

「さうかね、空耳だつたらうか、」

省三はまた箸を動かしだしたが彼はもう落ち着いたゆとりのある澄んだ心ではゐられなかつた。急に憂鬱になつた彼の眼の前には頭髪の毛の沢山ある頭を心持ち左へかしげる癖のある若い女の顔がちらとしたやうに思はれた。

「お代りをつけませうか、」

省三は暗い顔をあげた。女中がお盆を眼の前に出してゐた。彼は茶碗を出さうとして気が付いた。

「何杯食つたかね、」

「今度つけたら三杯目でございます、」

「では、もう一杯やらうか、」

省三は茶碗を出して飯をついで貰ひながらまた箸を動かしはじめたが、膳の左隅の黒い椀がそのまゝになつてゐるのに気が付いて蓋を取つてみた。それは鯉こくであつた。彼はその椀を取つて脂肪の浮いたその汁に口をつけた。それは旨いとろりとする味であつた。……省三は乾いた咽喉をそれで潤してゐるとその眼の前に青々した蘆の葉が一めんに浮んで来た。そしてその蘆の葉の間に一筋の水が見えて、前後して行く二三隻の小舟が白い帆を一ぱいに張つて音もなく行きかけた。舵が少し狂ふと舟は蘆の中へずれて行つて青い葉が舟縁にざら／＼と音をたてた。薄曇のした空から漏れてゐる初夏の朝陽の光が薄赤く帆を染めてゐた。舟は前へ／＼と行つた。右を見ても左を見ても青い蘆の葉に鈍い鉛色の水が続きそのまた水に青い蘆の葉が続いて見える。

（先生、これからお宅へお伺ひしてもよろしうございませうか）

　若い女は持前の癖を出して首をかしげるやうにして云つた。

（好いですとも、遊びにいらつしやい、月、水、金の二日は、学校へ行きますが、それでも二時頃からなら、大抵家にゐます、学生は土曜日に面会することにしてありますがあなたは好いんです、）

（では、これから、ちよい／＼お邪魔致します、）

（好いですとも、お出でなさい、詩の話でもしませう、実に好いぢやありませんか、この景色は、）

（本当にね、誰かの詩を読むやうでございますのね、蘆と水とが見る限りこんなに続いてゐて、）

「鯉こくがおよろしければ、お代りは如何でございます、」

　省三は女中の声を聞いて鯉の椀を下に置いた。鯉の肉も味噌汁ももう大方になつてゐた。

「もう沢山、非常に旨かつたから、つい一度に食べてしまつたが、もう沢山、」

　省三は急いで茶碗を持つて飯を掻き込むやうにしたが、厭やなことを考へ込んでゐたゝめに女中が変に思つたではないかと思つてきまりが悪るかつた。そしてつまらぬ過去のことは考へまいと思つて飯がなくなるとすぐ茶を命じた。

「もう一つ如何でございます、」
「もう沢山、」
「では、お茶を、」
女中は茶器に手を触れた。

二

けたたましい汽笛の音が静かな空気を顫はして聞えて来た。それはその湖の縁から縁を航海する巡航船の汽笛であつた。省三は女中が膳を下げて行く時に新しくしてくれた茶を啜つてゐたが彼の耳にはもうその音は聞えなかつた。彼は十年前の己の暗い影を耐へられない自責の思ひで見詰めてゐた。

それは自分が私立大学を卒業して新進の評論家として旁ら詩作をやつて世間から認められだした頃の姿であつた。その時も彼は矢張り今日のやうにこの土地の文学青年から招待せられて講演に来たが、一緒に来た二人の仲間はその晩の汽車で帰つて行つたにも関らず、彼一人はかねて憧憬してゐたこの水郷の趣を見るつもりで一人残つてゐた。

それは初夏のもの悩ましい若い男の心を漂渺の界に誘ふて行く夜であつた。その時は水際に近い旅館へわざ／＼泊つてゐた。その旅館の裏門口では矢張り今晩のやうに巡航船の汽笛の音が煩く聞えた。

その夜は青い月が出てゐた。彼は旅館の下手から水際に出て歩いた。其所は湖と町の運河とが一緒になつた所で彼の立つてゐる所は石垣になつてゐるが、向ふ岸はもとのままの湖の縁で飛々に生えた白楊が黒く立つてゐてその白楊の下の暗い所から其所此所に灯の光が見えてゐる。彼は一眼見て、それは夕方に見えてゐた四つ手網を仕掛てゐる小屋の灯であると思つた。

湖の水は灰色に光つてゐた。省三は飯の時にめうな好奇心から小さなコツプに二三杯飲んでみた葡萄酒の酔が頬に残つてゐた。それがために一体に憂鬱な彼の心も軽くなつてゐた。

湖の縁は其所から左に開けて人家がなくなり傾斜のある畑が丘の方へと続いてゐた。黒いその丘は遥かの前に崩れて湖の中へ出つ張つて見えた。その路縁にも其所此所に白楊が立ち水の中へかけて蘆の若葉が湖風に幽かな音を立てゝゐた。白楊の影になつた月の光の射さない所に一つ二つ小さな光が見えた。それは螢であつた。彼はその螢を見ながら足を止めてステツキの先を蘆の葉に軽く触れてみた。

軽いゴム裏のやうな草履の音が耳についた。彼は見るともなく後の方に眼をやつた。其所には若い女が立つてゐた。女は別に怖れたやうな顔もせずに此方を見ながら歩いて来た。

（失礼ですが、山根先生ではございませんか、）

女は頭をさげた。

(さうです、私は山根ですが、あなたは、)

(私は何時も先生のお書きになるものを拝見してをる者でございますが、今日はちやうど、先生のお泊りになつてゐらつしやる宿へ泊りまして、宿の者から先生のことを伺ひましたもんですから、)

(さうですか、それぢや何かの御縁がありますね、あなたは、何方ですか、お宅は、)

かう云ひながら彼は女の顔から体の恰好を注意した。すこし受け唇になつた整ふた顔で細かな髪の毛の多い頭を心持ち左にかしげてゐた。

(東京の方に父と二人でをりますが、この先の△△△に伯母がをりますので、十日ほど前、其所へ参りまして、今日帰りに夕方船で此所へ参りましたが、夜遅く東京へ帰つても面倒ですから、朝ゆつくり汽車に乗らうと思ひまして、)

(さうですか、私も今日二人の仲間と一緒にやつて来ましたが、昼間は講演なんかで、このあたりを見ることが出来なかつたもんですから、見たいと思つて朝にしたところです、)

(それぢや、また面白い詩がお出来になりますね、)

(駄目です、僕の詩は真似事なんですから、)

(先生の詩は新しくつて、私は先生の詩ばかり読んでをりますわ、)

(それは有難いですね。ぢや、あなたも詩をお作りでせうね、)

(たゞ拝見するだけでございますわ、)

さう云つて女は笑つた。

(詩はお作りにならなくつても、歌はおやりでせう、水郷は好いですね、何か水郷の歌がお出来でせう、)

(それこそほんの真似事を致しますが、とても、私なんかでは駄目でございますわ、)

湖畔の逍遥から連れ立つて帰つて来た二人は彼の室に遅くまで話した。女は伯母の家で作つたと云ふ短歌を書いたノートを出して見せたり短歌の心得と云ふやうなありふれた問ひを発したりした。

(明日、私は、舟を雇ふて、××まで行つて、其所から汽車に乗らうと思ふんですが、あなたはどうです、一緒にしませんか、)

話の中で彼がこんなことを云ふと女は喜んだ。

(私も、今日舟をあがる時に、さう思ひました、小舟で蘆の中を通つてみたら、どんなに好いか判らないと思ひました、どうかお邪魔でなければ、御一緒にお願ひ致します、)

(ぢや、一緒にしませう、蘆の中は面白いでせう、)

彼は翌日宵の計画通り女と一緒に小舟に乗つて湖縁を××へまで行つて其所から汽車に乗つて東京へ帰つた。女は日本橋檜物町の素人屋の二階を借りて棲んでゐる金貸しをしてゐる者の娘で神田の実業学校に通うてゐた。女はそれ以来金曜日とか土曜日とかのちよつとした時間を利用して遊びに来はじめた。

彼はその時赤城下へ家を借りて婆やを置いて我儘な生活をしてゐた。そして放縦な仲間の者から誘はれると下町あたりの入口の暗い二階の明い怪しい家に行つて時々家をあけることも珍しくなかつた。

ある時その時も大川に近い怪しい家に一泊して苦しいさうして浮々した心で家へ帰つて来て、横に寝そべつて新聞を読んでゐると女の声が玄関でした。婆やは用足しに出掛けたばかりで取次ぎする者がないので自分に出て行かねばならないが、その声は聞き慣れた彼の女の声であるから体を動かさずに、

(おあがりなさい、婆やがゐないんです、遠慮はいらないからおあがりなさい、)

と云つて首をあげて待つてゐると女が静に入つて来た。

(昨夜、友達の家で碁がはじまつて、朝まで打ち続けてやつと帰つたところです、文学者なんて云ふ奴は、皆馬鹿者の揃ひですからね……其所に蒲団がある、取つて敷いてください、)

女はくつろぎのある綺麗な顔をしてゐた。

(有難うございます、……先生にお枕を取りませうか、)

彼は昨夜の女に対した感情を彼の女にも感じた。

（さうですね、取つて貰はうか。後の押入れにあるから取つてください、）

女は起つて行つて後の押入れを開け白い切れをかけた天鵞絨の枕を持つて来て彼の枕元に蹲んだ彼は其殺那焔のやうに輝いてゐる女の眼を見た。彼はその日の昼頃、帰つて行く女を坂の下の電車の停留場まで見送つて行つた。そして翌翌日の午後来ると云つた女の言葉を信用してその日は学校に行つたが、平常の習慣となつてゐる学校の食堂で昼飯を喫ふことをよして急いで帰つて来た。

しかし女は夜になつても来なかつた。何か都合があつて来られないやうになつたのだつたら手紙でもよこすだらうと思つて、手紙の来るのを待つてゐたが朝の郵便物が来ても手紙は来なかつた、彼は手紙の来ないのはすぐ今日にでも来るつもりだから、それでよこさないのだらうと思ひ出して散歩にも出ずに朝から待つてゐたが、その日もたうとう来もしなければ手紙もよこさなかつた。

彼はそれでも手紙の来ないのはすぐ来られる機会が女の前に見えてゐるからであらうと思つてその翌日も待つてみたが、その日もたうとう本人も来なければ手紙も来なかつた。彼は待ち疲れて女の行つてゐる学校の傍を二時頃から三時頃にかけて暑い陽の中を歩いてみたが、その学校から沢山の女が出て来ても彼の女の姿は見えなかつた。

彼はまた檜物町の女の棲んでゐると云ふ家の前を彼方此方してみたがそれでも女の姿を見ることは出来なかつた。しかし隣へ行つて女の様子を聞く勇気はなかつた。

その内に一箇月あまりの日がたつてからもう諦めてゐた彼の女の手紙が築地の病院から来た。それは怖しい手紙であつた。女は彼の翌日から急に発熱して激烈な関節炎を起し左の膝が曲つてしまつたゝめに入院して治療をしたが、熱は取れたけれども関節の曲りは依然として癒らないから一両日の内に退院して故郷の前橋へ帰つた上で何所かの温泉へ行つて気長く養生することになつてゐる明日は午後は父も来ないからちよつと逢ひに来てくれまいかと云ふ意味を鉛筆で走り書きしたものであつた。

彼は鉄鎚で頭を一つガンとなぐられたやうな気持でその手紙を握つてゐた。彼は一時のいたづら心から処女の一生を犠牲にしたと云ふ慚愧と悔恨とに閉されてゐたが心の弱い彼はたうとう女の所へ行けなかつた。

女からはすぐまたどうしても一度お眼にかゝりたいから、都合をつけて来てくれと云ふ嘆願の手紙が来たがそれでも彼は行けなかつた。行けずに彼は悶え苦しんでゐた。女から明日の晩の汽車でいよ／＼出発することになつたから父親がゐても好いから屹と来てくれと云つて来た。そして汽車の時間まで書いて病院まで来てくれることが出来ないならせめて停車場へなり来てくれと書き添へてあつた。

心の弱い彼はその望みも達してやることが出来なかつた。そして二三日して汽車の中で書いたらしい葉書が来た。それには、（先生さやうなら、永久にお暇乞ひを致します、）と書いてあつた。

それから二日ばかりしての新聞に前橋行きの汽車の進行中乗客の女が轢死したと云ふ記事があつ

た。

「先生、先生、……………」

黙然と考へ込んでゐた省三はふと顔をあげた。薄暗くなつた室の中に色の白い女が坐つてゐてそれが左の足をにじらして這ふやうに動いた。と、青い光がきらりと光つて電燈がぱつと点いた。

室には何人もゐなかつた。省三はほつとしたやうに電燈を見なほした。

廊下に足音がしてはじめの女中が入つて来た。女中は手に桃色の小さな封筒を持つてゐた。

「お手紙が参りました、」

省三は桃色の封筒を見て好奇心を動かした。

「何所から来たんだらう、持つて来たのかね、」

「俥屋が持つて参りました、」

省三は手紙を受け取りながら、

「俥屋は待つてゐるかね、」

と云つて裏を返して差出人の名を見たが名はなかつた。

「お渡しゝたら好いと云つて、帰つてしまひました、」

「さうかね、誰だらう、今日の委員か有志かだらうか、」

それにしては桃色の封筒が不思議であると思ひながら静に開封した。罫のあるレターペーパーに

万年筆で書いた女文字の手紙であつた。省三はちらと見たばかりで女中の顔を見て、

「よし、有難う、」

「お判かりになりましたか、」

「あゝ、」

「では、また御用がありましたら、お呼びくださいまし、」

「有難う、」

女中が出て行くと省三は手紙の文字に眼をやつた。それはその日公会堂に来て彼の講演を聞いた身分のあるらしい女からであつた。彼はその手紙を持つたなりに女の身分を想像しはじめた。彼の心はすつかり明くなつてゐた。

三

省三は好奇心から八時十分前になると宿を出て運河が湖水に入つてゐる土手の上へと出かけて行つた。其所には桃色の封筒の手紙をよこした女がゐることになつてゐた。

宵に一時間ばかり闇をこしらへて出た赤い月があつた。それは風のない春のやうな夜であつた。二人連の労働者のやうな酔つぱらひをやり過して、歩かうとして右側を見ると赤いにじんだやうな

行燈が眼についいた。それは昔泊つたことのある旅館の行燈であつた。しかし彼はその行燈に対して何の感情も持たなかつた。

彼は甘い霞に包まれてゐるやうな気持になつてゐた。路の右側にある小料理屋から三味線が鳴つてその音と一緒に女の声も交つて二三人の怒鳴るやうな歌が聞えてゐたが彼の耳には余程遠くの方で唄つてゐる歌のやうにしか思へなかつた。

微白いぼうとした湖の水が見えて右側に並んでゐた人家がなくなつた。もう運河が湖水へ這入つた土手が来たなと思つた。其所には木材を積んだりセメントの樽のやうな大樽を置いたりしてあるのが見える。彼は二三年前の事業熱の盛んであつた名残りであらうと思つた。

月に雲が懸つたのかあたりが灰色にぼかされて見えた。省三は東になつた左手の湖の中に出つ張つた丘の上を見た薄黄いろな雲が月の面を通つてゐた。

「先生、山根先生ではございますまいか、」

女が眼の前に立つてゐた。面長な白い顔の背の高い女であつた。

「さうです、私が山根ですが、」

「どうも相済みません、私は先つき手紙を差しあげて、御無理を願つた者でございます、」

「あなたですか、」

「はい、どうも御迷惑をかけて相済みません、ですが、今日、先生の御講演を伺ひまして、どうしても先生にぢき〳〵お眼にかゝりたくてかゝりたくて、仕方がないもんですから、先生のお宿を聞き合して、お手紙を差しあげました。まことに済みませんが、ちよつとの間でよろしうございます、私の宅へまでお出でを願ひたうございます、」

「何方ですか、」

女はちよつと後をふり返つて丘の端へ指をさした。

「あの丘の端を廻つた所でございますが、舟で行けば十分ぐらゐもかゝりません、」

「舟がありますか、」

「えゝ、ボートを持つて来てをります、」

「あなたがお一人ですか、」

「えゝ、さうですよ、お転婆でせう、」

女は艶やかに笑つた。

「さうですね、」

省三はちよつと考へた。

「女中と爺やより他に、何も遠慮する者はをりませんから、」

「さうですね、すぐ帰れるなら参りませう、」

「すぐお送りします、」

「では、参りませう、」

「それでは、どうか此方へ、」

女が先になつてアンペラの俵を積んである傍を通つて土手へ出た。其所には古い船板のやうなものを斜に水の上に垂らしかけた桟橋があつてそれが水と一緒になつたところに小さな鼠色に見えるボートが浮いてゐた。

「あれでございますよ、滑稽でせう、」

「面白いですな、」

省三は桟を打つて滑らないやうにしたその船板の上を駒下駄で踏んでボートの方へおりて行つた。船板はゆら／＼と水にしなつて動いた。ボートは赤いしごきのやうなもので繋いであつた。

「そのまゝずつとお乗りになつて、艫へ腰をお懸けくださいまし、」

省三はボートに深い経験はないがそれでも女に漕がして見てゐられないと思つた。

「あなたが先へお乗りなさい、私が漕ぎませう、」

「いゝえ、このボートは、他の方では駄目ですから、私が漕ぎます、どうかお乗りくださいまし、」

省三は女の云ふ通りにして駒下駄を脱いでそれを右の手に持ちやつとことさと乗つたが、乗りながら舟が揺れるだらうと思つて用心して体の平均を取つたが舟は案外動かなかつた。

続いて女が胴の間に乗り移つた。その拍子に女の体にしめた香水の香が省三の魂をこそぐるやうに匂ふた。省三は艫へ腰をおろしたところであつた。

女の左右の手に持つた二本の櫂がちら／＼と動いてボートは鉛色の水の上を滑りだした。月の光の工合であらうか舟の周囲は強い電燈を点けたやうに明るくなつて女の縦模様のついた錦紗のやうな派手な羽織が薄い紫の焔となつて見えた。

「私が代りませうか、女の方よりもすこし力がありますよ、」

省三は眩しいやうな女の白い顔を見て云つた。女はそれを艶やかな笑顔で受けた。

「いえ、私はこのボートで、毎日お転婆してますから、楊枝を使ふほどにも思ひませんわ、」

「さうですか、では、見てをりませうか、」

「四辺の景色を御覧くださいましよ、湖の上は何時見ても好いものでございますよ、」

女は左の方へちよつと眼をやつた。省三も女の顔をやつた方へ眼をやらうとしてすぐ傍の水の上に眼を落してから驚いた。この周囲の水の上は真黒な魚の頭で埋まつて見えた。それは公園や社寺の池に麩を投げた時に集つて来る鯉の趣に似てゐるがその多さは比べものにならなかつた。魚は仲間同士で抱きあつたり縺れあつたりするやうに水をぴちや／＼と云はして体を搦ましあつた。

「鯉でせうか、」

省三は眼を見張つた。

「そんなに騒ぐものぢやありませんよ、静になさいよ、お客さんがびつくりなさるぢやありませんか、」

　女は魚の方を見てたしなめるやうに云つた。省三の耳にはその女の言葉が切れ〳〵に聞えた。

省三は女の顔を見た。

「このボートで行つてると、湖の魚が皆集つて来るのでございますよ。でも、あまり多く集つて来るのも煩いではございませんか、」

「鯉でせうね、私はこんな鯉をはじめて見ましたね、この湖では鯉をとらないでせうか、」

「とりますわ、この湖で鯉をとつて生活してゐる漁夫は沢山ありますわ、」

「さうですか、そんなに鯉をとつてるのに、こんなに集つて来るのは、鯉も大変ゐるんですね、」

「先生をお迎へするために集つたのでせうが、もう、帰しましたよ、」

　省三は水の上を見た。今までゐた鯉はもうゐなくなつて鉛色の水がとろりとなつてゐた。

「もう、ゐなくなつたでしよ、ね、それ、」

　省三は呆気に取られて水の上を見てゐた。と一尾の二尺ぐらいある魚が浮きあがつて来てそれが白い腹をかへして死んだやうに水の上に横になつた。

「死んだんでせうか、あの鯉は、」

「あれは、先生に肉を御馳走した鯉でございますわ、」

「えツ、」

「いゝえ、先生は、今晩宿で鯉こくを召しあがつたでございませう。このあたりは、鯉が多うございますから、宿屋では、朝も晩も鯉づくめでございますわ、」

女はかう云つて惚れ惚れする声を出して笑つた。

四

省三は眼が覚めたやうに周囲を見まはした。青みがかつた灯の燭つた室で自分は黒檀の卓を前にして坐つてゐてその左の側に女が匂ひのあるやうな笑顔をしてゐた。

「私は、どうして此所へ来たでせう、」

省三はボートの中で鯉の群と死んだやうな鯉の浮いて来たのを見てゐる記憶があるばかりで、舟からあがつたことも路の上を歩いたこともその家の中へ這入つて来たこともどう云ふものかすこしも判らなかつた。

「私と一緒にずんずんお歩きになりましたよ、よく夜なんか、知らないところへ参りますと、狐に撮まれたやうにぼうとなるものでございますわ。本当に失礼致しました。こんな河獺の住居のやうな所へお出でを願ひまして、」

「どう致しまして、静かな、湖に臨んだ理想的なお住居ですね、」

省三はその家の位置が判つたやうな気になつてゐた。

「これから寒くなりますと、締つきりにしなくてはなりませんが、まだ今は見晴しがよろしうございますわ、」

女は起つて行つて省三から正面になつた障子を開けた。障子の外は小さな廊下になつてそれに欄干がついてゐたがその欄干の先には月がぼかされた湖の水が漂渺としてゐた。

「すぐ水の傍ですね、実に理想的だ、歌をおやりでせうね、」

省三は延び上るやうに水の上を見ながら云つた。女は障子へ寄つかかるようにして立つてゐた。

「真似事を致しますが、とても駄目でございますわ、」

「そんなことはないでせう。かう云ふ所にゐらつしやるから、」

「いくら好い所にをりましても、頭の中に歌を持つてをりません者は、駄目でございますわ、」

女はかう云つて笑ひ声を立てたがそのまま体の向きをかへて元の蒲団の上へ戻つて来た。

「そんなことはないでせう、私達もこんな所に一箇月もをると、何か纏まりさうな気がしますよ、」

「一箇月でも二箇月でも、お気に召したら、一箇年もゐらしてくださいまし、こんなお婆さんのお相手ぢやお困りでございませうが、」

女はかう云ひ云ひ卓の上に乗つてゐる黒い罎を取つてそれを傍のコップに注いでそれを省三の前に出し、

「お茶の代りに赤酒を差しあげます、お嫌ぢやござんすまいか、」

「すこし戴きませう、あまり飲めませんけれど、」

「女中を呼びますと、何か、もすこしおあいそも出来ませうが、面倒でございますから、どうか召しあがつてくださいまし、私も戴きます、」

女も別のコツプへその葡萄酒を注いで一口飲んだ。

「では、戴きます、」

省三は俯向いてコツプを取つた。

「私は先生が雑誌にお書きになるものを何時も拝見してをります。それで一度、どうかしてお眼にかかりたいと思ふてをりましたところ、今日、先生の御講演があると家へ出入りの者から伺ひまして、どんなに今日の講演をお待ちしましたか、そして、その思ひがやつと叶つてみると、人間の欲と云ふものは何所まで深いものでございませう、遠くからお話を伺つたばかしでは、気が済まなくなりまして、こんな御無理をお願ひしました、こんなお婆さんに見込まれて、御迷惑でございませう、」

女はまた笑つた。省三も笑ふより他に仕方がなかつた。

「私は判りませんけれど、今日先生がなさいました、恋愛に関するお話は、非常に面白うございました、あのお話の中の女歌人のお話は、非常な力を私達に与へてくださいました。もツともこんなお婆さんには、あの方のやうな気の利いた愛人なんかはありませんが、あのお話で、つまらない世間的な道徳などは、何の力もなくなつたやうな気がしますわ、」

「あなたのやうに、心から、私のつまらん講演を聞いてくだされた方があると、私も非常に嬉しいです。しかし、私が本当の講演が出来るのは、まだ十年の先ですよ、まだ、何も頭にありませんから、」

「そんなことがあるものでございますか、今日の聴衆と云ふ聴衆は、先生のお話に感動して、涙ぐましい眼をして聞いてをりましたわ、」

「駄目です、まだこれから本を読まなくては、もつとも、これからと云つても、もう年が行つてますから、」

「失礼ですが、お幾歳でゐらつしやいます、」

「幾歳に見えます、」

「さう、さうですね、」女は黒い眼でぢつと正面で省三の顔を見詰めたが「三十二三でゐらつしやいますか、」

「やあ、それはおごらなくちやなりませんね、六ですよ、」

「三十六、そんなには、どうしても見えませんわ、」

「あなたはお幾歳です、」

「私、幾歳に見えますか、」

「さあ、三ですか、四にはまだなりますまいね、」

「なりますよ、四ですよ、矢張り先生のお眼は違つてをりますわ、」

「お子さんはおありですか、」

「子供はありません。一度結婚したこともありますが、子供は出来ませんでした、」

省三はその女が事情があるにせよ、独身であると云ふことを聞いて、心にゆとりが出来た。彼は女が二度目に注いでくれたコツプを持つた。

「それでは、目下はお一人ですか、」

「さうでございますわ、こんなお婆さんになつては、何人もかまつてくださる方がありませんから一人で気儘に暮してをりますわ、」

「却つて、係累がなくつて気楽ですね、」

「気楽は気楽ですけれど、淋しうございますわ、だから今日のやうな我儘を申すやうなことになりますわ、」

「こんな仙境のやうな所なら、これから度度お邪魔にあがりますよ、」

省三はもう酔つてゐた。

「今晩もこの仙境でお泊りくださいましよ、」

牡丹の花の咲いた様な濃艶な女の姿が省三の眼前にあつた。

「さうですね、」

「私の我儘を通さしてくださいましよ、」

女の声は蝋燭の灯の滅入つて行くやうにとろとろした柔かな気持になつて聞えて来た。省三は卓に両肱を凭せて寄りかかりながら何か云つたが聞えなかつた。

女は起つて自分の着てゐる羽織を脱いで裏を前にして両手に持つて省三の傍へ一足寄つた。と、廊下の方でぐうぐうと蛙とも魚ともつかない声が沢山の口から出るやうに一めんに聞え出した。女は厭やな顔をして開けてある障子の外を見た。今まで月と水とが見えて明るかつた戸外は真暗な入道雲のやうなものがもくもくと重なり重なりしてゐた。

「馬鹿だね、なにしに来るんだね、馬鹿な真似をしてると承知しないよ、」

女は叱るやうに云つた。それでもぐうぐうの声は止まなかつた。黒い雲の一片はふはふはと室の中へ這入つて来た。

「お巫山戯でないよ、」

女の右の手は頭にかかつて黒いピンが抜かれた。女はそのピンを室の中へ入つて来た雲の一片眼かけて突き刺した。と、怪しい鳴き声はばつたり止んで雲はピンを刺されたまま崩れるやうに室の外へ出て行つた。

省三は夢現の境に女の声を聞いてふと眼を開けた。それと一緒に女が後ろから著せた羽織がふはりと落ちて来た。

省三は女に送られてボートで帰つてゐた。それは曇つた日の夕方のことで鼠色に暮れかけた湖の上は蝸牛の這つた跡のやうにところどころ気味悪く光つてゐた。

省三は女の家に二三日ゐて帰るところであつた。彼は艫に腰を懸けて女と無言の微笑を交はしてゐたがふと眼を舟の左側の水の上にやると一尾の大きな鯰が白い腹をかへして死んでゐた。

「大きな鯰が死んでゐますね、」

省三はその鯰をくはしく見るつもりでまた眼をやつた。黒いピンのやうなものが咽喉元に松葉刺しにたつてゐた。

「咽喉をなにかで突かれているんですね、」

「いたづらをして突かれたもんでせう。それよりか、次の金曜日にはきつとですよ、」

「好いんです、」

五

すこし風があつて青葉がアーク燈の面を撫でてゐる宵の口であつた。上野の山を黙々として歩いてゐた省三は、不忍の弁天と向き合つた石段をおり、ちやうど動坂の方へ行かうとする電車の行き過ぎるのを待つて、電車路をのつそりと横切り弁天の方へと行きかけた。其処には薄つすらした靄がかかつて池の周囲の灯の光を奥深く見せてゐた。

彼は山の上で一時間も考へたことをまた後に戻して考へてゐた。……かうなれば世間的の体裁などを云つてゐられない断然別居しよう、子供には可哀さうだが仕方がないそして別居を承知しないと云ふならひと思ひに離別しよう、子供はもう三歳になつてゐるからしつかりした婆やを雇へば好い今晩先づ別居の宣言をしてみよう、気の弱いことではいけないどうも俺は気が弱いからそれがためにこれまで何かの点に於て損をしてゐる。断然とやらう来る日も来る日も無智な言葉を聞いたり厭な顔を見せられたりするのは厭だ……。

彼はその夕方細君といがみ合つたことを思ひ浮べてみた。先月のはじめ水郷の町の講演に行つて以来長くて一週間早くて四五日するとぶらりと家を出て行つた。そのつど二三日は帰つて来ない彼に対して敵意を挟んで来てゐる細君は隣の手前などはかまはなかつた。

……(さんざんしやぶつてしまつたから、もう用はなくなつたんでせう、)

……(私のやうな者は、もう死んでしまや好いんでせう、生きてて邪魔をしちや、どつさりお金を持つて来る女が来ないから、)

細君は三千円ばかりの父親の遺産を持つて来てゐた。……

その日は神田の出版書肆から出版することになつた評論集の原稿を纏めるつもりで、机の傍へ雑誌や新聞の摘み切りを出して朱筆を入れてゐると、男の子がちよこちよこと這入つて来てその原稿を引つ掻きまはすので、

（おい、坊やをどうかしてくれなくちや困るぢやないか、）

と云ふと、

（坊やお出でよ、そのお父様は、もう家のお父様ぢやないから駄目よ、）

と云つて細君が冷たい眼をして這入つて来た。

（馬鹿、）

（どうせ、私は馬鹿ですよ、馬鹿だから、こんな目に逢ふんですよ、坊や、お出で、）

細君はまだ雑誌の摘み切りを手にして弄つてゐる子供の傍へ行つてその摘み切りを引つたくつてをいていきなり抱きかかへた。その荒々しい毒々しい行ひが彼の神経を尖らしてしまつた。彼は朱筆を持つたなりに細君の後から飛びかかつて行つて両手でその首筋を掴んで引き据ゑた。細君は機を喰つて突き坐つた。と、子供がびつくりして大声に泣き出した。

（馬鹿、なんと云ふ云ひ方だ、）

彼は細君の頭の上を睨み詰めるやうにして立つてゐた。

細君の泣き声がやがて聞えて来た。

(何と云ふ馬鹿だ、身分を考へないのか、)……

彼は楼門の下を歩いてゐた。白い浴衣を着た散歩の人がちらちらと眼に映つた。

……この先、こんな日がもう一箇月も続かうものなら頭は滅茶滅茶になつて何も出来なくなる出来なくなればますます生活が苦しくなる。この上生活に追はれては立ちも這ひも出来ないことになる、どうしても別居だ別居して静に筆をとる一方で、自分の哲学を完成しようそしてその間に時間をこしらへて彼の女と逢はう……

彼は弁天堂の横から吐月橋の袂へと行つた。其所は弁天堂の正面と違つて人通りがすくなく世界が違つたやうにしんとしてゐた。彼は暗い中を見た。

「先生ぢやありませんか、」

と、聞き覚えのある女の声がした。省三は足を止めて後の方を振り返つた。白い顔が眼の前に来た。それは水郷の町の女であつた。

「何時いらしつたんです、」

「今の汽車で参りました。ちやうど好かつたんですね、」

「何所へいらしつたんです、」

「銚子の方へ行かうと思つて、家を出たんですが、先生にお眼にかかりたくなりましたから参りました。これからお宅へあがらうと思ひまして、ぶらぶらと歩いて参りましたが、なんだか変ですから、ちよつと困つてをりました、」

「さうですか、それはちようど好かつた。飯はどうです、」

「まだです、あなたはもうお済みになつたでせう、」

「すこしくさくさすることがあつてまだです。何所か其辺へ行つて飯を喫はうぢやありませんか、」

「くさくさすることがあるなら、いつそこれから銚子へ行かうぢやありませんか、」

「さうですね。行つても好いですね、」

二人は引ツ返して弁天堂の前の方へと行つた。

六

省三は電車をおりて夕陽の中を帰つて来たが格子戸を開けるにさへこれまでのやうに無関心に開けることが出来なかつた。

彼は先づ細君がゐるかゐないかを確かめるために玄関をあがるなり見付の茶の間の方を見た。其所はひつそりして人の影もないので左側になつた奥の室を見た。

細君の姿は其所に見えた。去年こしらへた中形の浴衣を着て此方向きに坐り団扇を持つた手を膝の上に置いてその前に寝てゐる子供の顔を見るやうにしてゐた。

彼はそれを見付けると、『うむ、』と云ふやうな鼻呼吸とも唸り声とも分らない声を立ててみたが細君が顔をあげないので仕方なしに右側の書斎へと這入つて行つた。

暗鬱な日がやがて暮れてしまつた。省三は机の前に坐つてゐた。彼は夕飯に行かうともしなければ細君の方から呼びに来もしなかつた。その重苦しい沈黙の中に子供の声が一二回聞えたがそれももう聞えなくなつてしまつた。

省三は気がつくと手で頬や首筋に止まつた蚊を叩いた。そして思ひ出して鉛のやうになつた頭をほぐさうとしたがほぐれなかつた。

不思議な呻吟のやうなものが細々と聞えた。省三は耳をたてた。それは玄関の方から聞えて来る声らしかつた。彼は怖しい予感に襲はれて急いで立ちあがつて玄関の方へと行つた。

青い蚊屋を釣した奥の室と茶の間との境になつた敷居の上に細君が頭を此方にして俯伏しになつてゐる傍に、若い女が背を此方へ見せて坐つてゐたがその手にはコツプがあつた。省三は何事が起つたらうと思ひ思ひその傍へと行つた。と、若い女の姿は無くなつて細君が一人苦しんで身悶えをしてゐた。

「どうした、どうした、」

その省三の眼に細君の枕元に転がつているコツプと売薬の包みらしい怪しい袋が見えた。

「お前は、何んと云ふことをしてくれた、」

省三は細君の両脇に手をやつて抱き起さうとしたが考へついたことがあるのでその手を離した。

「お前は子供が可愛くないのか、何故そんな馬鹿な真似をする、しつかりおし、すぐ癒してやるから、」

省三は玄関の方へ走つて行つて先つき自分が脱ぎ捨てたままである駒下駄を急いで履いて格子戸を開け、締めずに引いてあつた雨戸を押しのけるやうに開けて外へ出た。

「やあ、山根君ぢやないか、」

と、向ふから来た者が声をかけた。省三は走らうとする足を止めた。

「何人だね、」

それは野本と云ふ仲間の文士であつた。

「野本君か、野本君、君に頼みがある、家内がすこし怪しいから、急いで医者を呼んで来てくれないかね、此所を出て、右に五六軒行つたところに、赤い電燈の点いた家がある。かかりつけの医者だから、僕の名を云へばすぐ来てくれる、」

「どうしたんだ、」

「馬鹿な真似をして、なにか飲んだやうだ、」

「よし、ぢや、行つて来る。君は気をつけてゐ給へ、」

野本は走つて行つた。それと一緒に省三も家の中へ走り込んだ。

細君は両手をついて腹這ひになりひつくり反つたコツプの上から黄ろなどろどろする物を吐いて

ゐた。

「吐いたか、吐いたなら大丈夫だ、」

省三は急いで台所へ這入つて行つて手探りに棚にあつた飯茶碗を取つてバケツの水を掬ふて持つて来た。

「水を持つて来た。この水を飲んでもすこし吐くが好い、」

省三は蹲んでその水を細君の口の傍へ持つて行つた。細君はその茶碗を冷やかな眼で見たなりで口を開けなかつた。

「何故飲まない、飲んだら好いぢやないか、飲まんといけない、飲んで吐かなくちやいかんぢやないか、」

省三は無理に茶碗を口に押しつけた。水がぽとぽとこぼれたが細君は飲まなかつた。

「お前は子供が可愛くないのか、何故飲まない、」

がたがたとそそつかしい下駄の音がして野本が入つて来た。

「先生はすぐ来る、どうだね、大丈夫かね、」

「吐いた、吐いた。吐いたから大丈夫だと思ふんだ、」

「吐いたのか。吐いたら好い、」

野本は傍へ来て立つた。

「奥さんどうしたんです、大丈夫ですから、しつかりしなさい、」

細君の顔は野本の方へと向いた。その眼にはみるみる涙が一ぱいになつた。

「野本君、僕が水を飲まして吐かさうとしても、飲まない。君が飲ましてくれ給へ、」

省三は手にした茶碗を野本の前に出した。

「そんなことはなからうが、僕で好いなら、僕が飲ましてやらう、」

野本はその茶碗を持つて蹲んだ。

「奥さん、どんなことがあるか知りませんが、山根君に悪いことがあるなら、私が忠告します、おあがりなさい、飲んで吐くが好いんです、」

細君はその水を飲み出した。省三はその傍へ坐つて悲痛な顔をしてそれを見てゐた。

赤ら顔の医者が薬籠を持つてあがつて来た。医者は細君の傍へ行つて四辺の様をぢつと見た。

「吐きましたね、」

「吐いてます。まだ吐かしたら好いと思つて、今この茶碗に一杯水を飲ましたところです、」

野本は手にしてゐた茶碗を医者に見せた。

「それは大変好い、」

医者は今度は細君の方を向いて云つた。

「奥さん、大丈夫ですよ。御心配なさらないが好いんですよ、」

細君は声をあげて泣き出した。

「先生、お恥しいです、」

省三はやつとそれきり云つて眼を伏せた。

「どれくらいになりますか、」

「私が気が付いて、まだ二十分ぐらいしかならんと思ひますが、」

「さうですか、」

医者は薬籠を開け小さな瓶を出してそれを小さな液量器に垂らした。

「水を持つて来ませうか、」

野本が云つた。

「さうですね、すこしください、」

野本は茶碗を持つて台所の方へ行つたがやがて水を汲んで帰つて来た。

医者はその水を液量器の中に垂らして細君の口元に持つて行つた。細君は泣きじやくりしながらそれを飲んだ。

「これで大丈夫だから、静にしてゐてください、」

かう云つて医者が眼をあげた時には省三の姿はもう見えなかつた。

七

省三はその翌日の夕方利根川の支流になつた河に臨んだ旅館の二階に考へ込んでゐた。

「関根さん、お連様が見えました、」

関根友一は省三がこの旅館で用ゐてゐる変名であつた。省三は不思議に思ふて女中の声のした方を見た。昨日の朝銚子で別れた女が女中の傍で笑つて立つてゐた。女は派手な明石を著てゐた。

「吃驚なすつたでせう、なんだかあなたが此所へいらつしやるやうな気がしたもんですから、昨日の夕方の汽車で引きあげて来たんですよ、」

女は笑ひ笑ひ這入つて来た。

省三と女とは土手を下流の方へ向いて歩いてゐた。晴れた雲のない晩で蛙の声が喧しく聞えてゐた。

「いよいよ舟に乗る時が来ましたよ、」

女が不意にこんなことを云つた。省三はその意味が判らなかつた。

「なんですか、」

「舟に乗る時ですよ、」

省三はどうしても合点が行かなかつた。

「舟に乗る時つて、一体こんな所に勝手に乗れる舟がありますか、舟に乗るなら、宿へでもさう云つて拵へて貰はなくちや、」

「大丈夫ですよ。私が呼んでありますから、」

「本当ですか、」

「本当ですとも、其所をおりませう、」

川風に動いてゐる丈高い草が一めんに見えてゐて路らしいものがそのあたりにあると思はれなかつた。

「おりられるんでせうか、」

「好い路がありますよ、」

省三は不思議に思ふたが女が断言するので土手の端へ行つて覗いた。其所に一巾の土の肌の見えた路があつた。

「なるほどありますね、」

「ありますとも、」

省三は先にたつてその路をおりて行つた。螢のやうな青い光が眼の前を流れて行つた。

「螢ですね、」

「さあ、どうですか、」

黄ろな硝子でこしらへたやうな中に火を入れたやうな舟が一艘蘆の間に浮いてゐた。

「をかしな舟ですね。ボートですか、」

「なんでも好いぢやありませんか、あなたを待つてる舟ですよ、」

そんな邪慳な言葉を省三はまだ一度も女から聞いたことはなかつた。彼は女はどうかしてゐると思つた。

「お乗りなさいよ、」

「乗りませう、」

省三は舟を近く寄せようと思つて纜を繋いである所を見てゐると舟は蘆の茎をざらざらと云はして自然と寄つて来た。

「お乗りなさいよ、」

「綱は好いんですか、」

「好いからお乗りなさいよ、」

省三は舟のことは女が精しいから云ふ通りに乗らうと思つてそのまま乗り移つた。舟の何所かに脚燈を点けてあるやうに足許が黄ろく透して見えた。

「いよいよ乗せたから、持つてお出でよ、」

女はかう云ひながら続いて乗つて胴の間に腰をかけて省三と向き合つた。女の体は青黄ろく透きとほるやうに見えた。

「皆でなにをぐづぐづしてゐるんだね。早く持つてお出でよ、」

省三は体がぞくぞくとした。と、舟は発動機でも運転さすやうに動き出した。

「この舟は一体なんです。変ぢやありませんか、」

「変ぢやありませんよ、」

「でも、機械もなにもないのに動くぢやありませんか、」

「機械はないが、沢山の手がありますから、動きますよ、」

「え、」

「今に判りますよ、ぢつとしてゐらつしやい、」

「さうですか、」

女は大きな声を出して笑ひ出した。省三は怖る怖る女の顔に眼をやつた。黄ろな燃えるやうな光の中に女の顔が浮いてゐた。

「なにをそんなに吃驚なさいますの、」

女の首は左に傾いて細かい沢山ある頭の毛が重さうに見えた。それは前橋の女の顔であつた。

「わツ、」

省三は怖しい叫び声をあげて逃げようとして舟から体を躍らした。

二日ばかりして山根省三の死骸は若い女の死体と抱き合つたままでその川尻の海岸にあがつて細君の手に引き取られたが、女の身元は判らないのでそれはその土地の共同墓地に埋められたと云ふことが二三の新聞に書かれた。

牛鍋

森鷗外

鍋《なべ》はぐつぐつ煮える。

牛肉の紅《くれない》は男のすばしこい箸《はし》で反《かえ》される。白くなった方が上になる。

斜に薄く切られた、ざくと云う名の葱《ねぎ》は、白い処が段々に黄いろくなって、褐色の汁の中へ沈む。

箸のすばしこい男は、三十前後であろう。晴着らしい印半纏《しるしばんてん》を着ている。傍《そば》に折鞄《おりかばん》が置いてある。

酒を飲んでは肉を反す。肉を反しては酒を飲む。

酒を注いで遣《や》る女がある。

男と同年位であろう。黒繻子《くろじゅす》の半衿《はんえり》の掛かった、縞《しま》の綿入に、余所行《よそゆき》の前掛をしている。

女の目は断えず男の顔に注がれている。永遠に渇しているような目である。

目の渇《かわき》は口の渇を忘れさせる。女は酒を飲まないのである。

箸のすばしこい男は、二三度反した肉の一切れを口に入れた。

丈夫な白い歯で旨《うま》そうに噬《か》んだ。

永遠に渇している目は動く腭《あご》に注がれている。

しかしこの腭《あご》に注がれているのは、この二つの目ばかりではない。目が今二つある。

今二つの目の主《ぬし》は七つか八つ位の娘である。無理に上げたようなお煙草盆《たばこぼん》に、小さい花簪《はなかんざし》を挿している。

白い手拭《てぬぐい》を畳んで膝《ひざ》の上に置いて、割箸を割って、手に持って待っているのである。

男が肉を三切《きれ》四切食った頃に、娘が箸を持った手を伸べて、一切れの肉を挟もうとした。男に遠慮がないのではない。そんならと云って男を憚《はばか》るとも見えない。

「待ちねえ。そりゃあまだ煮えていねえ。」

娘はおとなしく箸を持った手を引っ込めて、待っている。

永遠に渇している目には、娘の箸の空《むな》しく進んで空しく退いたのを見る程の余裕がない。

暫《しばら》くすると、男の箸は一切れの肉を自分の口に運んだ。それはさっき娘の箸の挟もうとした肉であった。

娘の目はまた男の顔に注がれた。その目の中には怨も怒もない。ただ驚がある。

永遠に渇している目には、四本の箸の悲しい競争を見る程の余裕がなかった。

女は最初自分の箸を割って、盃洗《はいせん》の中の猪口《ちょく》を挟んで男に遣った。箸はそのまま膳の縁に寄せ掛けてある。永遠に渇している目には、またこの箸を顧みる程の余裕がない。

娘は驚きの目をいつまで男の顔に注いでいても、食べろとは云って貰《もら》われない。もう好い頃だと思って箸を出すと、その度毎に「そりゃあ煮えていねえ」を繰り返される。

驚の目には怨も怒もない。しかし卵から出たばかりの雛《ひな》に穀物を啄《ついば》ませ、胎を離れたばかりの赤ん坊を何にでも吸い附かせる生活の本能は、驚の目の主《ぬし》にも動く。娘は箸を鍋から引かなくなった。

男のすばしこい箸が肉の一切れを口に運ぶ隙《すき》に、娘の箸は突然手近い肉の一切れを挟んで口に入れた。もうどの肉も好く煮えているのである。

少し煮え過ぎている位である。

男は鋭く切れた二皮目で、死んだ友達の一人娘の顔をちょいと見た。叱《しか》りはしないのである。

ただこれからは男のすばしこい箸が一層すばしこくなる。代りの生《なま》を鍋に運ぶ。運んでは反す。反しては食う。

しかし娘も黙って箸を動かす。驚の目は、ある目的に向って動く活動の目になって、それが暫らくも鍋を離れない。

大きな肉の切れは得られないでも、小さい切れは得られる。好く煮えたのは得られないでも、生煮えなのは得られる。肉は得られないでも、葱は得られる。

浅草公園に何とかいう、動物をいろいろ見せる処がある。名高い狒々《ひひ》のいた近辺に、母と子との猿を一しょに入れてある檻《おり》があって、その前には例の輪切《わぎり》にした薩摩芋《さつまいも》が置いてある。見物がその芋を竿《さお》の尖《さき》に突き刺して檻の格子の前に出すと、猿の母と子との間に悲しい争奪が始まる。芋が来れば、母の乳房を銜《ふく》んでいた子猿が、乳房を放して、珍らしい芋の方を取ろうとする。母猿もその芋を取ろうとする。子猿が母の腋《わき》を潜《くぐ》り、股《また》を潜り、背に乗り、頭に乗って取ろうとしても、芋は大抵母猿の手に落ちる。それでも四つに一つ、五つに一つは子猿の口にも入る。

母猿は争いはする。しかし芋がたまさか子猿の口に這入《はい》っても子猿を窘《いじ》めはしない。本能は存外醜悪でない。

箸のすばしこい本能の人は娘の親ではない。親でないのに、たまさか箸の運動に娘が成功しても叱りはしない。

人は猿よりも進化している。

四本の箸は、すばしこくなっている男の手と、すばしこくなろうとしている娘の手とに使役せられているのに、今二本の箸はとうとう動かずにしまった。

永遠に渇している目は、依然として男の顔に注がれている。世に苦味走ったという質《たち》の男の顔に注がれている。

一の本能は他の本能を犠牲にする。

こんな事は獣にもあろう。しかし獣よりは人に多いようである。

人は猿より進化している。

（明治四十三年一月）

蜜柑

芥川龍之介

或曇つた冬の日暮である。私は横須賀発上り二等客車の隅に腰を下して、ぼんやり発車の笛を待つてゐた。とうに電燈のついた客車の中には、珍らしく私の外に一人も乗客はゐなかつた。外を覗《のぞ》くと、うす暗いプラツトフオオムにも、今日は珍しく見送りの人影さへ跡を絶つて、唯、檻《をり》に入れられた小犬が一匹、時々悲しさうに、吠え立ててゐた。これらはその時の私の心もちと、不思議な位似つかはしい景色だつた。私の頭の中には云ひやうのない疲労と倦怠とが、まるで雪曇りの空のやうなどんよりした影を落してゐた。私は外套のポツケツトへぢつと両手をつつこんだ儘《まま》、そこにはいつてゐる夕刊を出して見ようと云ふ元気さへ起らなかつた。

が、やがて発車の笛が鳴つた。私はかすかな心の寛《くつろ》ぎを感じながら、後の窓枠へ頭をもたせて、眼の前の停車場がずるずると後ずさりを始めるのを待つともなく待ちかまへてゐた。所がそれよりも先にけたたましい日和《ひより》下駄の音が、改札口の方から聞え出したと思ふと、間もなく車掌の何か云ひ罵《ののし》る声と共に、私の乗つてゐる二等室の戸ががらりと開いて、十三四の小娘が一人、慌《あわただ》しく中へはいつて来た、と同時に一つづしりと揺れて、徐《おもむろ》に汽車は動き出した。一本づつ眼をくぎつて行くプラツトフオオムの柱、置き忘れたやうな運水車、それから車内の誰かに祝儀の礼を云つてゐる赤帽――さう云ふすべては、窓へ吹きつける煤煙の中に、未練がましく後へ倒れて行つた。私は漸《やうや》くほつとした心もちになつて、巻煙草に火をつけながら、始めて懶《ものう》い瞼《まぶた》をあげて、前の席に腰を下してゐた小娘の顔を一瞥《いちべつ》した。

それは油気のない髪をひつつめの銀杏返《いちょうがへ》しに結つて、横なでの痕のある皸《ひび》だらけの両頬を気持の悪い程赤く火照《ほて》らせた、如何にも田舎者《ゐなかもの》らしい娘だつた。しかも垢じみた萌黄色《もえぎいろ》の毛糸の襟巻がだらりと垂れ下つた膝の上には、大きな風呂敷包みがあつた。その又包みを抱いた霜焼けの手の中には、三等の赤切符が大事さうにしつかり握られてゐた。私はこの小娘の下品な顔だちを好まなかつた。それから彼女の服装が不潔なのもやはり不快だつた。最後にその二等と三等との区別さへも弁《わきま》へない愚鈍な心が腹立たしかつた。だから巻煙草に火をつけた私は、一つにはこの小娘の存在を忘れたいと云ふ心もちもあつて、今度はポツケツトの夕刊を漫然と膝の上へひろげて見た。すると其時夕刊の紙面に落ちてゐた外光が、突然電燈の光に変つて、刷《すり》の悪い何欄かの活字が意外な位鮮《あざやか》に私の眼の前へ浮んで来た。云ふまでもなく汽車は今、横須賀線に多い隧道《トンネル》の最初のそれへはいつたのである。

　しかしその電燈の光に照らされた夕刊の紙面を見渡しても、やはり私の憂欝を慰むべく、世間は余りに平凡な出来事ばかりで持ち切つてゐた。講和問題、新婦新郎、涜職《とくしよく》事件、死亡広告――私は隧道へはいつた一瞬間、汽車の走つてゐる方向が逆になつたやうな錯覚を感じながら、それらの索漠とした記事から記事へ殆《ほとんど》機械的に眼を通した。が、その間も勿論あの小娘が、恰《あたか》も卑俗な現実を人間にしたやうな面持ちで、私の前に坐つてゐる事を絶えず意識せずにはゐられなかつた。この隧道の中の汽車と、この田舎者の小娘と、さうして又この平凡な記事に埋つてゐる夕刊と、――これが象徴でなくて何であらう。不可解な、下等な、退屈な人生の象徴でなくて何であらう。私は一切がくだらなくなつて、読みかけた夕刊を抛《はふ》り出すと、又窓枠に頭を靠《もた》せながら、死んだやうに眼をつぶつて、うつらうつらし始めた。

　それから幾分か過ぎた後であつた。ふと何かに脅《おびやか》されたやうな心もちがして、思はずあたりを見まはすと、何時《いつ》の間にか例の小娘が、向う側から席を私の隣へ移して、頻《しきり》に窓を開けようとしてゐる。が、重い硝子戸《ガラスど》は中々思ふやうにあがらないらしい。あの皸《ひび》だらけの頬は愈《いよいよ》赤くなつて、時々鼻洟《はな》をすすりこむ音が、小さな息の切れる声と一しよに、せはしなく耳へはいつて来る。これは勿論私にも、幾分ながら同情を惹《ひ》くに足るものには相違なかつた。しかし汽車が今将《まさ》に隧道《トンネル》の口へさしかからうとしてゐる事は、暮色の中に枯草ばかり明い両側の山腹が、間近く窓側に迫つて来たのでも、すぐに合点《がてん》の行く事であつた。にも関らずこの小娘は、わざわざしめてある窓の戸を下さうとする、――その理由が私には呑みこめなかつた。いや、それが私には、単にこの小娘の気まぐれだとしか考へられなかつた。だから私は腹の底に依然として険しい感情を蓄へながら、あの霜焼けの手が硝子戸を擡《もた》げようとして悪戦苦闘する容子《ようす》を、まるでそれが永久に成功しない事でも祈るやうな冷酷な眼で眺めてゐた。すると間もなく凄じい音をはためかせて、汽車が隧道へなだれこむと同時に、小娘の開けようとした硝子戸は、とうとうばたりと下へ落ちた。さうしてその四角な穴の中から、煤《すす》を溶したやうなどす黒い空気が、俄《にはか》に息苦しい煙になつて、濛々《もうもう》と車内へ漲《みなぎ》り出した。

元来咽喉《のど》を害してゐた私は、手巾《ハンケチ》を顔に当てる暇さへなく、この煙を満面に浴びせられたおかげで、殆《ほとんど》息もつけない程咳《せ》きこまなければならなかつた。が、小娘は私に頓着する気色《けしき》も見えず、窓から外へ首をのばして、闇を吹く風に銀杏返《いちょうがへ》しの鬢《びん》の毛を戦《そよ》がせながら、ぢつと汽車の進む方向を見やつてゐる。その姿を煤煙《ばいえん》と電燈の光との中に眺めた時、もう窓の外が見る見る明くなつて、そこから土の匂や枯草の匂や水の匂が冷《ひや》やかに流れこんで来なかつたなら、漸《やうや》く咳きやんだ私は、この見知らない小娘を頭ごなしに叱りつけてでも、又元の通り窓の戸をしめさせたのに相違なかつたのである。

しかし汽車はその時分には、もう安々と隧道《トンネル》を辷《すべ》りぬけて、枯草の山と山との間に挟まれた、或貧しい町はづれの踏切りに通りかかつてゐた。踏切りの近くには、いづれも見すぼらしい藁屋根や瓦屋根がごみごみと狭苦しく建てこんで、踏切り番が振るのであらう、唯一旒《いちりゅう》のうす白い旗が懶《ものう》げに暮色を揺《ゆす》つてゐた。やつと隧道を出たと思ふ――その時その蕭索《せうさく》とした踏切りの柵の向うに、私は頬の赤い三人の男の子が、目白押しに並んで立つてゐるのを見た。彼等は皆、この曇天に押しすくめられたかと思ふ程、揃《そろ》つて背が低かつた。さうして又この町はづれの陰惨たる風物と同じやうな色の着物を着てゐた。それが汽車の通るのを仰ぎ見ながら、一斉に手を挙げるが早いか、いたいけな喉を高く反《そ》らせて、何とも意味の分らない喊声《かんせい》を一生懸命に迸《ほとばし》らせた。するとその瞬間である。窓から半身を乗り出してゐた例の娘が、あの霜焼けの手をつとのばして、勢よく左右に振つたと思ふと、忽ち心を躍らすばかり暖な日の色に染まつてゐる蜜柑《みかん》が凡そ五つ六つ、汽車を見送つた子供たちの上へばらばらと空から降つて来た。私は思はず息を呑んだ。さうして刹那に一切を了解した。小娘は、恐らくはこれから奉公先へ赴《おもむ》かうとしてゐる小娘は、その懐に蔵してゐた幾顆《いくくわ》の蜜柑を窓から投げて、わざわざ踏切りまで見送りに来た弟たちの労に報いたのである。

暮色を帯びた町はづれの踏切りと、小鳥のやうに声を挙げた三人の子供たちと、さうしてその上に乱落する鮮《あざやか》な蜜柑の色と――すべては汽車の窓の外に、瞬《また》く暇もなく通り過ぎた。が、私の心の上には、切ない程はつきりと、この光景が焼きつけられた。さうしてそこから、或得体《えたい》の知れない朗《ほがらか》な心もちが湧き上つて来るのを意識した。私は昂然と頭を挙げて、まるで別人を見るやうにあの小娘を注視した。小娘は何時かもう私の前の席に返つて、不相変《あひかはらず》皸《ひび》だらけの頬を萌黄色の毛糸の襟巻に埋めながら、大きな風呂敷包みを抱へた手に、しつかりと三等切符を握つてゐる。…………

私はこの時始めて、云ひやうのない疲労と倦怠とを、さうして又不可解な、下等な、退屈な人生を僅に忘れる事が出来たのである。

（大正八年四月）

編者 Profile
なみ
朗読家
写真家
虹色社 近代文学叢書 編集長

本作のご感想や執筆関連のお仕事のご依頼等は、
メールアドレス info@nanairosha.jp まで、
お待ちしております。

近代文学叢書Ⅱ　すぽっとらいと 食
2021年11月22日　第1刷発行

編集者　なみ
発行者　山口和男
発行所／印刷所／製本所　虹色社
〒169-0071 東京都新宿区戸塚町1-102-5 江原ビル1階
電話　03（6302）1240

本文組版／編集／撮影　なみ

ISBN 978-4-909045-39-3
定価はカバーに表記しています。